火中的向日葵

城佳璧◎著

江苏凤凰文艺出版社
JIANGSU PHOENIX LITERATURE AND ART PUBLISHING

图书在版编目（CIP）数据

火中的向日葵 / 城佳璧著. -- 南京 : 江苏凤凰文艺出版社, 2023.7
ISBN 978-7-5594-7745-3

Ⅰ. ①火… Ⅱ. ①城… Ⅲ. ①推理小说 – 中国 – 当代 Ⅳ. ①I247.5

中国国家版本馆CIP数据核字(2023)第085266号

火中的向日葵

城佳璧　著

责任编辑　张　倩
特约编辑　宁炳辉
装帧设计　张合涛
出版发行　江苏凤凰文艺出版社
　　　　　南京市中央路 165 号，邮编：210009
网　　址　http://www.jswenyi.com
印　　刷　北京盛通印刷股份有限公司
开　　本　880 毫米 ×1230 毫米　1/32
印　　张　8.125
字　　数　185 千字
版　　次　2023 年 7 月第 1 版
印　　次　2023 年 7 月第 1 次印刷
书　　号　ISBN 978-7-5594-7745-3
定　　价　39.00 元

目录

楔子 1

01 <钛白> 小镇初见 001

02 <柠檬黄> 天佑的阁楼 017

03 <橙> 红草莓福利院 037

04 <土黄> 告别观霞镇 053

05 <赭> 车祸 065

06 <紫洋红> 身世疑云 083

07 <朱红>叔叔 101

08 <湖水绿>老屋遗物 121

09 <草绿>晋延55941 141

10 <钴蓝>S号金库 155

11 <群青>局 173

12 <天蓝>寻找 189

13 <紫>逼近真相 205

14 <铁棕>缘起 217

15 <褐>恶念 231

16 <象牙黑>谢幕 241

楔 子

深冬的大海，哼着低沉的歌，在灰白的天色笼罩下，显得慵懒而平静。沙滩被残雪附上一层斑驳的白，如同海的衣角，呵护着那片深蓝。

落日时分，太阳终于冲出了厚厚的云层，几道光线如同利刃般刺向海面，它缓缓下落，消耗最后的余力，一步步点燃整个海面，红得那般透彻，那般鲜艳，似乎是血液浸染在了海水里；岸边的残雪在光照下微微闪耀起粉红的光，那是谁的眼泪吗？

“天佑，我带你来看海了——日落时的大海，你看到了吗？”

司辰向着大海缓缓地举起了左手，无名指上的一枚钻戒在残阳余晖下闪耀出了奇特的红光，那光是跳动着的，那光是饱含生命的，它与海面上残留的血色浑然一体，火焰般舞蹈着……司辰凝视着远方，他深邃的眼眸也跳跃着火焰，他的面庞在光的照耀下棱角更加分明，如同雕塑一般凝重。

司辰从脚下的琴盒中取出一把小提琴，那是一把老旧的小提琴，颜色淡雅不亮，油漆薄透不艳，琴颈上显出了微微泛白的指痕。司辰用手轻轻地抚着琴身，一滴眼泪滑落了下来。

琴声流淌出来，透着一种苍茫和悲凉，阵阵海浪低沉地应和着琴声，冰冻了远处的残阳。那琴声凄美却伴着无法阻挡的穿透力，令听到它的一切生灵屏息、啜泣，如尖刀般刺向司辰心灵深处……

“天佑，如果当初我没有去观霞镇，没有遇见你……后面所有的一切都不会发生，是吗？你会继续做那个平凡的小镇女孩，平安无事地度过一生，是吗？可如今……这一切……会不会都是我的错？还是我们无法逃过的宿命？

“你的秘密，他们的秘密，还有关于‘他’的百年的秘密终于一一解开了。罪恶与救赎，执着与热爱，疯癫与伟大，每个人的命运终于都洗了牌、归了位！你要做的事情做完了，我本以为我们可以一起疗伤，一起去开始新的生活，可是……你……为什么……”

司辰的心里有太多的话想对天佑诉说。他轻轻地闭上眼睛，琴声继续在空灵的海面上荡漾，荡漾，荡漾……直到落日完全熄灭了它的火焰，周遭化作一片浓重的黑，只有戒指上的那颗钻石依旧跳动着诡异的光芒，生生不息。

“有人说：‘生命是无尽的，我们不曾真的死去，也不曾真的出生。我们只是度过不同的阶段，没有终点。[1]’天佑，这真的是一场轮回吗？我为什么开始相信了呢？无论如何，我会陪着你，请你等着我……”

琴声停了下来，司辰睁开了眼。他轻吻了无名指上的戒指，透过钻石闪耀的微光，他似乎在遥远的海面看到了一只灯塔，灯塔闪烁着迷离的光，像是在海中挣扎的生命，顽强地跳跃着，久久不愿熄灭……

1　引自布莱恩·魏斯《前世今生》。

01

<钛白>

小镇初见

“她有病！”罗叔用手指敲了敲脑袋，“这儿有病！”

三年前。

从重庆市区到观霞镇要四五个小时的车程，司辰坐在大巴上不由地望向窗外，一步步远离都市的繁华与喧嚣，看不到坚硬的高楼广厦，眼前逐步被绿色的稻田和蓝色的天空填满，散落在田间的矮房在远处灰色山影映衬下显得谦逊柔和。他的心慢慢平静下来，闭上了眼睛，嗅着自由的味道，在颠簸中慢慢地睡着了。

“到啦，都下车！”司辰被司机的吆喝声吵醒，慌忙拿起背包随着大家下了车。

这是一座美丽的小镇，依偎在两座相连的黛色山脚下，一排排的瓦顶平房或一层或两层，依山势蜿蜒布去，尖形的屋顶如同飞燕展开了翅膀，深褐的木头与灰白的砖石调和出了深沉质朴的调子，房屋构件上精美的石雕和木雕如同老者脸上的斑纹，证明了百年的岁月。

司辰环顾四周，向镇子深处走去。沿路偶见夹杂在老房子中间的方格子般的现代房屋，“旅馆”“超市”“快餐”映入眼帘，显得突兀又笨拙。显然，这座古老的镇子已经被现代文明侵扰，不再那么单纯。

司辰一路打听着，来到了“观霞镇中学”。明天就是开学的日子，而他也将以音乐老师的身份体验一种从未有过的生活。面对新的生活，司辰心里既兴奋又有些忐忑。

司辰在学校附近找到了间正在出租的民房，打算先安顿下来。

和镇子上大多数房子一样，灰色的砖瓦组成了这幢二层民房的主体结构，门窗、楼梯、二层的廊子和几根半外露的柱子则是木质，这些木头如同玩家盘出的老珠子一样油亮、光润。一楼的三间房是房东住的地方，一个十几岁的少年把司辰领向二楼。通过一个窄小开放的廊子，走进最里面的一间。房间很小，一个桌子一张床，占据了房间里大半的空间，这种逼仄和迎面扑来的潮气让他感觉有些不舒服。

司辰缓了口气，放好行李，小心翼翼地打开了他抱了一路的琴盒，将一把红褐色的小提琴取了出来，如同轻抚婴儿般用棉布擦拭着。片刻后，缓慢悠扬的琴声飘荡起来。

“梆、梆、梆”，敲门声打断了他，房东走了进来。这是一个五十来岁的男人，个子不高却很结实，皮肤黝黑，胳膊上凸起的肌肉线条让人想起风干的老腊肉，脸上挂满了褶子，眼睛很小，小到陷到了褶子里，让人怀疑他是否真能看到东西。

司辰起身，慌忙道歉：“对不起，对不起，是不是吵到了您？”

房东呵呵一笑，眼睛彻底眯成了一条线。“没事，没事，我就是听着点儿声儿，过来瞧瞧。刚才在下面没跟你多聊。小伙子，看你这打扮，听你这口音，大城市来的吧？”

“嗯，算是吧……”

“来干吗？”

“来教书。”

“教书？是在旁边那个中学吗？”

“是的。”

“哈哈，不错，我儿子就在那儿读书呢，就是刚才领你来屋的那小子。这臭小子，太捣蛋，总给我惹祸。这回好了，有老师住我这儿了，帮我好好管教他。”

司辰微微一笑，礼貌地点了点头。

房东接着说：“现在的年轻人都努力奔向大城市，你咋反过来往我们这小地方跑？”

“哦，也没什么，网上查到有招聘老师的信息，觉得适合我，就应聘过来了。”

“网上？唉，这些现代玩意儿有好也有不好。”房东撇了下嘴，接着说，“其实我们这个观霞镇原本挺清净，祖上也都是有文化的，出过文人，出过画家，祖祖辈辈都生活得很安逸。这不，就这几年，有人看我们这儿风景好、有历史，给弄网上了，哗啦啦地来一堆旅游的人，镇子也给弄得不土不洋的。闹得慌，太闹得慌！”

司辰应和着微微一笑，抚摸了下手里的小提琴，问道：“那么，这镇子总会有安静一些的地方吧？”

“嚯，年轻人也喜欢安静啊？”房东笑嘻嘻地说，“告诉你个好地方，你呀，别往那镇子里走，你往山上走，一直走，过了最西面那户人家，左手边有条小道，绕过小半个山坳，你会瞅到……”

他停顿了一下，端起了一股神秘兮兮的劲儿：“你在我这儿住，我就不把你当外人了。知道我们‘观霞镇’名字咋来的吗？这可是祖辈上就有的名字。那些旅游的都以为是从东边看朝霞，镇上还在东边建了个‘观霞亭’，哈，那是应付他们的。其实啊，是西边，去西边看晚霞……”房东一边用手指着西面，一边哈哈大笑了起来。

“那儿没啥人去，安静！哈哈，这镇上的事我知道得最多啦，以后有的是时间跟你唠。我姓罗，叫我罗叔就行了。”

“好的罗叔，我姓司，司辰。”

“好嘞，司老师，你先歇着吧。抽空一起吃饭！”罗叔笑呵呵地走出去了。

司辰来到廊子上微微抬起头，望向了西面的山。他看到山坡最远处有一栋孤零零的房子，在一层淡淡山雾的笼罩下，若隐若现。

司辰休整了一下，背起了琴盒向西边走去。

穿过几条小街，地势依山缓缓变高，层层的民房也渐渐变得稀疏起来。有一条蜿蜒的小路曲曲折折地通向山坡最远处的那所孤零零的房屋，司辰沿着小路走了上去。

走了十几分钟，这栋破旧的房屋出现在了司辰眼前。房子外墙有些残存的彩漆，红色、黄色、蓝色……漆色虽已斑驳暗淡，但能想象到多年前它是光鲜亮丽的。小青瓦层叠出的屋顶，在空中画出舒展的曲线。房子的二层有个矮小的阁楼，阁楼中间一扇小窗微微打开，玻璃上闪烁着琉璃般的奇特光芒，五彩斑斓，充满灵动。走近几步，可见房屋的檐角和木窗上一些精致的雕刻，在风雨长期侵蚀下，木雕已有多处裂痕。正中房檐下挂着一块旧牌匾，“仙居林”三个字映入眼帘。

房子的大门敞开着，一位穿着朴旧的老妇人正坐在门口的矮凳上，捧着砚台认真地研着一锭方墨。干瘦的身躯、驼着的腰背、雪白的发丝、褶皱干黄的皮肤……岁月那把刻刀已经在她的身上淋漓尽致地使用过。

司辰不想打扰这位老妇人，他轻轻地从房前走过，沿着左面一条蜿蜒的小路继续向山上走去。

这条小路把司辰带到两山交汇的山坳处，峰回路转，一片开阔的湖面陡然出现在他的眼前。湖水呈现一种鲜艳的蓝，蓝得那么纯粹，那么浓郁。湖是椭圆形的，如同一块大大的宝石镶嵌在地面上，而湖对面的一片树林则像戒指托一样在湖边映出了花边。

此刻，已近落日十分，太阳缓缓下降，不再那么刺眼，慢慢变成一枚镶着金边的红色印章扣在了天边；云彩嬉戏般玩弄着夕阳的光辉，在深蓝的天边抹出暗红、藕紫、橘黄、深灰相间的绚烂油彩；远处层叠的矮山，剪影般地在地面上画出柔和的线条；湖水像被施了魔法忽然改变了颜色，透出一种高贵的紫，闪着迷离的光……

看到眼前的景象，司辰感到无比欣喜，他拿出了小提琴，尽情地演奏了起来。琴声如同一团火焰跃然而出，随性又奔放，音符舞蹈着，跳跃着，融入了这幅绚烂浓烈的画中。

夕阳继续下沉，深棕色一点点覆盖了多彩的霞光，天色暗了下来，湖面也渐渐变成了一片深沉的黑。琴声缓缓地停了下来，周围变得格外安静。

司辰微微笑了一下，正要扭头往回走，突然发现在小路延伸的不远处站着一个人正盯着他，把他吓了一跳。

司辰缓了下神，在昏暗的光线中，他好奇地打量着她。这是一个年轻的姑娘，纤瘦高挑，顺滑的直发搭在肩头，修身的蓝色仔裤裤脚卷起，宽松的棉质长袖白衬衫，下摆随意地掖在腰间，一双白色的帆布鞋已经有些发黄。她的胳膊下夹着一个画架，手里拎着个塑料袋，旁边还蹲着一条黄色的大狗。姑娘面容清秀，眉宇间却透着一股倔强，一双闪亮的大眼睛忽闪忽闪地正盯着他。当他俩的目光对在一起时，姑娘愣了一下，猛然避开了司辰的目光，眼睛看向了那条狗，示意它往前走。

姑娘低着头向司辰走来，从他的面前绕过，眼都没抬一下又顺着小路继续往镇子的方向走去了。大黄狗跟在后面，警惕地回过头向司辰看了几眼，最终和姑娘一起消失在了山坳的拐角处。

片刻后，司辰也往回走了，绕过山坳，已经看不到姑娘的影子。

司辰走到老妇人的屋前，大门关着，里面亮起了黄色的灯光，而在阁楼上的那扇小窗依然映射着一些奇怪的色彩，在昏暗的夜幕中如鬼魅般存在……

司辰回到住处，房东一家正在院子里吃晚饭。

罗叔看到司辰回来，热情地把他拽到了饭桌旁："来来来，司老师，你这初来乍到的，跟我们一起吃晚饭吧！"

坐在房东一家的饭桌边，司辰被满目火辣的红色吓住了，很显然他还没有做好准备去咽下这样的东西。

"刚才去湖边拉琴啦？"罗叔乐呵呵地问。

"是啊，您说得没错，那里风景确实很美！而且……何止人少，根本就没人！"司辰说到这里，刚才那个姑娘的影子突然在脑中一闪而过。

罗叔哈哈地笑着："是啊，所以说那里安静嘛！"

饭间，罗叔侃侃而谈，一会儿夸耀着祖上的传奇故事，一会儿又牢骚着镇上的大事小情，而司辰则把更多注意力放在了罗叔的儿子身上。这个十几岁的少年有着和他父亲一样的小眼睛，一直低垂着看着饭桌，手里的筷子时不时敲下碗盘弄出响声，他呼噜噜地吃着，似乎任何事都与他无关。而他额头上的一道伤疤和手指上被烟熏黄的痕迹，证明了他确实是一个叛逆期的不良少年。

“这小子叫罗光祖，就是希望他能光宗耀祖，可是呢，不好好学习，不知道整天在想啥。明儿开学，今天被我使劲按着，才能老老实实在家待一会儿。”罗叔说道：“阿祖，以后让司老师好好管管你！”

少年不屑地抹了下嘴，“我吃完了”，扔下碗筷，跑上了楼。

司辰在观霞镇中学上的第一堂课即将开始，学生们对于这个外面来的新老师都充满了好奇心，当他走进教室的时候，所有目光都牢牢地锁住了他。

他高高的个子，冰蓝色的休闲西服半敞着，里面一件白色棉质T恤包裹着肌肉感的身形。略带卷曲的深棕色发丝停在耳边，柔软清爽，一张俊美的面庞轮廓清晰，深陷的眼窝里嵌着锐气的双眸，似乎可以看穿什么。他神态宁静，透出一股优雅的气质。

这群镇子里的孩子很难想象，这样一位在电视里才看得到的明星般的人物就这样站在他们面前，成了他们的老师。

“同学们好，我叫司辰，来自一个遥远的地方。这学期的音乐课由我来给大家上。音乐是门带魔法的艺术，希望我能帮助你们体会到它的神奇……”

第一天的课上得很顺利，跟孩子们相处，司辰感到难得的轻松和快乐，初来小镇的忐忑已一扫而空。

傍晚，因为几个学生围着他聊天，司辰在学校逗留了一会儿。当他和学生们走过一间教室时，教室里的一个人吸引了他的目光——正是昨天在湖边见到的姑娘。教室里刚上过美术课，桌上、地上都被孩子们弄上了颜料，姑娘正在擦拭着桌子。司辰在教室门口停下了脚步，看到姑娘擦完桌子又走向了垃圾桶，从里面翻出几管被扔掉的颜料，擦了下就揣进了兜里，然后认真地拖起了地。

“她是我们的美术助教。”一个学生说。

“助教？”

“嗯，给老师打打下手，还负责打扫卫生。”

“打扫卫生不应该你们学生自己做吗？”司辰问道。

学生不屑地瞥了一眼。

司辰没再问什么，又看了眼姑娘，走开了。

司辰在小镇过了几天平静的日子，白天去学校教书，傍晚去湖边拉琴，晚上还会给阿祖辅导功课。

司辰喜欢去湖边，融入自然的美景中，不被打扰地拉着琴，那种琴弦温柔震颤手指的感觉如同爱情的心跳。古典名曲、流行音乐，还有一些从他头脑中自然跃出的音符和旋律，那是属于他自己的。有时他会拿出笔把一些音符和旋律记录下来，慢慢积累，就如同在给他心中的那一团火，一把一把加着柴——尽管此前，从未有人欣赏这些。

一个傍晚，司辰在湖边又远远地看到了那个姑娘。她正坐在一块石头上，前面支着画架，大黄狗安静地趴在旁边。白色的长袖衬衫换成了件藕粉色的，简单素雅。这次，好奇心让司辰慢慢向前走了过去。“汪汪”，黄狗叫了两声，姑娘看见了司辰，停下手中的画笔，猛地站起来，把画架护在自己身前，画架背面冲着司辰。

“对不起，对不起，是我打扰到你了。”司辰连忙道歉，“我们前几天见过，记得吧？这里很美，我只是想来待一会儿，希望你别介意。”司辰温和而礼貌的话语，让姑娘紧张的情绪放松了些，她点了点头，慢慢坐了下来，双手依然护着她的画架。

“我叫司辰，你呢？”

姑娘并没有回答，她看到司辰背着的琴盒，用手微微指了一下。“你想听吗？”司辰领会了她的意思，拿出了小提琴，缓缓地奏响了一支轻柔的小夜曲。姑娘静静地听着，嘴边泛起了浅浅的微笑，眼中也闪出了星辰般的光芒。

一曲结束之后，司辰试探地问姑娘：“你喜欢听我拉琴吗？”

“嗯。”姑娘微笑着点了点头。

“太好啦！”司辰非常开心，此前从未有人如此认真地听他拉琴，也从未有人说过喜欢他的音乐。此刻司辰找到了知音，如同获得了挚爱的宝物一样快乐。

姑娘笑了一下，重新支好了画架，换上一张画纸，看了看司辰，舞动起了手中的画笔……

夕阳又开始施展它的魔力，多彩的云霞，灰色的山影，紫色的湖水，像一块块毛毯般铺开的深绿色田地与树林……悠扬的琴声向远方层层滑去……在这一片美好中，宁静的他和她偶尔会有对视，而姑娘的目光不再躲闪，变得温和平静。

夜，拉下了窗帘。

姑娘停了手中的画笔，司辰也放下了他的琴。两人相视一笑。

姑娘把画具收进了塑料袋里，起身小心地夹起了画架，走到了司辰面前，略带羞怯地说：“我，叫林天佑。”然后冲着大黄狗：“扣子，走，回家。”

司辰隔了几步，跟在后面，一起往回走。

他们走到了仙居林那所房子前，老妇人正迎在门口，天佑停下了脚步，转过身看着司辰。

“你住这里？”司辰问道。

天佑点了下头，微微一笑，便转身和大黄狗一起走进了大门。老妇人带着疑惑地打量了下司辰，并没有说什么，走进屋把门关上了。

阁楼上的灯亮了，那扇小窗又映出了奇特的色彩，在夜幕中施展着诱人的魔力……

第二天，罗叔又招呼着司辰一起吃晚饭，司辰并没有拒绝，他觉得跟这位热情的大叔聊天也是件很有趣的事。

“司老师，你喝酒吗？来，跟我喝点儿！”说着，罗叔从手边抱了个坛子给司辰倒了一盅酒，递了过去。

“哇，这酒好烈！”司辰抿了一口，皱起了眉。

“哈哈，我们本地酿的，没喝过吧？”罗叔笑道，“跟你说说咱这酒咋酿的吧……”罗叔打开了话匣子，噼里啪啦地讲起了酿酒的渊源和工艺。

酒过三巡，司辰起了一点醉意，关于酿酒的话题也终于到了尾声。司辰岔开了话题，向罗叔吐出了自己的疑问：“罗叔，最西边的那户是什么样的人家啊？”

“最西边？哦，你是说仙居林吧？”罗叔回答。

“是的，那确实有块匾写着这个名字。”

“哦，那户人家姓林，祖上也是这镇子里的大户人家，只是传着传着，家就散了。到了林老头这一辈儿，年轻的时候住城里，据说也是教书的。大概二十年前吧，就带着婆娘回了咱镇子，在最西面建了栋房子，开了个书画店，名字就叫‘仙居林’。”

“怎么在那么偏的地方开店呢？”

“哈哈，可能文化人都想远离人烟当神仙吧，要不咋起那么个名字。”罗叔接着说，“开始那些年挺景气，林老头的字画还是不错的，逢年过节、开店盖房的也常有人过去跟他买一些。那不，我还买过呢。”说着用手指了下挂在堂中的一幅有些泛黄的写意山水画。

“不过……”罗叔叹了口气，“越往后越不行了。”

“为什么？”司辰问道。

“你想想啊，这都啥年代了。老人们慢慢都没了，年轻人多是进城里打工了，留在镇子上的也都满脑子想着挣钱呢，谁还在意咱老辈儿的这些好东西。他们宁愿在墙上贴些明星的大头照，也不会去买这些传统的字画。你说，现在的年轻人有几个懂书法的，有几个会画画的！浮躁，太浮躁！”罗叔的语气越发激动，愤愤地说道。

“唉，”罗叔叹了口气，“特别是几年前，林老头一没，败啦，老林家彻底败啦……”

司辰给罗叔斟了一盅酒，让他的情绪慢慢平复下来。

“那他家的后代呢？”司辰问道。

“后代？嗯，他家是有个闺女，挺小的时候跟林老头来了镇子。不过按岁数，更像他孙女，真比我要孩子还晚啊，哈哈哈。那闺女生得漂亮，人也和气，只是可惜啊……”

“可惜什么？”司辰急切地问。

“她有病！”罗叔用手指敲了敲脑袋，“这儿有病！”

“什么？”

“好啦好啦，不说她了。”司辰还想问下去，却被罗叔打断了，显然他并不想把这个话题继续说下去了。

司辰叹了口气，悻悻地停下了话题，陪罗叔继续喝起了酒。

接下来连着两天，司辰没有再见到天佑，心里莫名有了那么一点点惦念。第三个傍晚，司辰走向山坡，也许是出于好奇，他在仙居林门口停下了脚步。

大门敞开着，老妇人依旧在门口静静地研着墨。司辰迟疑了一下，走上前，问候了一句：“阿婆，您好。”

老妇人抬起了头，眯着眼睛看了看司辰。

“小伙子，是要买字画吗？”她用柔弱的声音问了一句，颤颤巍巍地扶着门框站了起来。

“嗯……我可以看看吗？”司辰答道。

“好呀，进来吧。”老妇人招呼着司辰，走进了屋。

屋子厅堂明亮，质朴有序，堂中间一张木质大案子，边缘已磨得有些光亮，案子上面布着一些纸墨笔砚和一支老式花插，里面插着一束山上常见的青色山花；堂的一侧坐北朝南摆着张八仙桌和几把方凳，方凳被叠放在桌下，已被冷落很久的样子；堂的另一侧被一道老屏风隔着，想必里面是间卧室了。厅堂的墙壁上挂满了字画，都是比较传统的国画和书法作品，花鸟鱼虫、风光山水，福字对联。笔触清秀，色彩雅致。有些书画已经泛黄显旧，显然它们已经在这里挂了很久很久。

“小伙子，你想选点儿啥？”老妇人问。

“哦，我想买一幅画挂卧室里，我不太懂国画，您能帮我选吗？”司辰回答。

“挂卧室的？卧室挂画，除了美化装点，还要烘托个舒适祥和的氛围，人才能睡得踏实。可以选幅花鸟图，比如这幅《雀戏牡丹》，牡丹花开正好，雀鸟嬉戏欢乐。这鸟语花香的，肯定让你看见心里就舒坦。”

“好呀，好呀，我要了。这幅多少钱呢？”

老妇人见司辰回答得如此爽快，反倒迟疑了：“啊，小伙子，这幅是我家老头子画的……”老妇人抬头看着墙上的牡丹图，眼里忽然变得闪烁不定。

“你看，能不能买我家闺女临摹的，闺女临摹得也不差，几乎一模一样，给你便宜些。”

司辰看出了老妇人的不舍，对于她而言，风风雨雨一辈子的爱人，逝去就再也无法回来，而这些字画就成为她唯一的念想，变得格外珍贵。

“好的，就按您说的。”

老妇人缓慢地走进了屏风后面的小屋，取出了一幅临摹的《雀戏牡丹》，果然跟墙上那幅画没有两样，笔法用色都很是沉稳成熟。

“这是您闺女画的？真好呀！”司辰感叹道。

“是的，闺女从小就跟着她爹学画画，还是学成点样子。这屋里有些是我家老头子画的，也有些是闺女画的。她很喜爱这些。”

“您怎么不让她去城里学？”

“唉……”老妇人叹了口气，“闺女当初考上城里的大学了，就是学画画的，可是才学了不到两年，我家老头子就……”老妇人哽咽了起来，“我家老头子一去世，给她凑学费就难了。而且闺女也懂事，她担心我年纪大，一个人没个照应，就放弃读书回来陪我了，好孩子啊……”

正说到此刻，听得一声：“瞎婆婆，我回来了！”只见天佑已经迈进了屋子，大黄狗也跟着跑了进来。

“哦，闺女回来了。这两天隔壁镇子有个集市，我让闺女去看看能不能卖两幅字画。”老妇人对司辰说。

天佑看到了司辰，显得有点吃惊。

“哦，哦，我……我来买画。”司辰不自觉有些紧张，吞吞吐吐地对天佑说。

“来买画？”

“嗯，阿婆，这幅画多少钱？”司辰指着那幅临摹的牡丹图，向老妇人问道。

“这不闺女回来了，她画的就让她说价吧。”老妇人说。

“嗯，一百五？”天佑缓缓地说出了个数字，闪亮的大眼睛充满疑惑地看着司辰。

司辰从兜里拿出两张一百的纸币，往天佑手里一塞，说道：“不用找。”抱起画，扭头就往外走去。快到门口时，司辰猛然发现在厅堂摆放屏风的那侧角落里，有一个非常窄小陡直的木梯架向屋顶，想必就是通向他从房外看到的那个阁楼了。

司辰在门口处，跟老妇人轻轻鞠了个躬，与天佑那依然带着疑惑的大眼睛对视了一下，微微一笑，离开了。

司辰回到住处，把画挂在了墙上。他盯着画中淡雅娇嫩的牡丹，脑子里却都是天佑那双闪烁的大眼睛，似乎她正从这牡丹的花瓣间羞涩地看着他，同他一起静静体味着鸟语花香。司辰不由地心怦怦跳起来，他感觉到这个美丽、充满才华的女孩，正在默默地触碰他心底柔软又温暖的一面，他终于发现这种情愫可以由心而发，无须被人安排……

正当司辰沉浸在这美好之中时，罗叔的那句“她有病”突然像一根尖锐的针猛地刺了他一下，疑惑和不安涌上心头。

02

< 柠檬黄 >

天佑的阁楼

“他不是自杀！那是场误杀！”

司辰越来越喜欢去湖边，不再是单纯地因为这里可以安静而自由地演绎他心中的旋律，还因为这里就像是他与天佑默契相约的地方，经常“遇见”。

美景、音乐和安静作画的女孩，一切都是那么安详而美好。尽管司辰从来不知道天佑究竟在画什么，尽管他们之间话也不多，但这些都不重要，一个眼神，一个微笑，够了……从天佑这里，司辰学到了一种新的方式去看自然——眯起眼睛，透过睫毛去观察，形状就会简化成不同的色块，获得神奇的效果；而天佑也会在司辰拉琴时，将手轻轻放在琴箱上，体会声波震动，音乐变成了有形的感受……一切妙不可言。

就这样，静静地度过了很多天。

秋色渐浓，装点小镇的青草绿树渐渐披上了金黄。

这天放学时，司辰在学校又见到了天佑，她和教美术的杨老师带着一队学生写生回来，叽叽喳喳的学生们就像是秋游回来一样兴奋快乐，回教室取了书包便一窝蜂地散去了。

杨老师对天佑说道：“去收拾下教室吧，辛苦你啦！”天佑笑着点点头，走进了教室。

司辰慢慢走到了杨老师面前。这是一位临近退休的老先生，有着花白的头发和胡子，就像圣诞老人，让人感到很亲近。

“杨老师，您好。”司辰礼貌地打了声招呼。

"哦，司老师呀。"

"您知道我？"司辰问道。

"知道呀，你不是学校里新来的音乐老师吗？孩子们把你当偶像明星呢，哈哈。"

"哪有，哪有。"司辰有点不好意思地说。

"杨老师，您在学校很久了吧？"司辰接着问道。

"是啊，咱这学校刚建的时候就来了。在这儿干了快一辈子了。明年就退休啦。"

"老前辈，还请您多指教。"司辰恭敬地鞠了个躬。

"没啥可指教的。其实，美术、音乐，咱这些艺术上的事，都是相通的。音乐无形，但人能从音响的听觉联想到各种视觉形象与画面；美术作品虽是静止的表现，却可以从画面中感受到跳动的音符和旋律。哈哈，总之都是人心的感受啊。"

杨老师随口而出的两句话，却一下点到了艺术上的真理，让司辰感到很是敬佩。

"杨老师，那位助教也是跟您学美术吗？"司辰故意打探道。

"哦。你说林天佑啊。她不用跟我学什么，她很优秀了。其实啊，我算是她父亲的学生。林老爷子在世的时候，我常去仙居林，跟他讨教，跟他一起作画。因为在这镇上，还真没其他人可以聊这些。所以啊，跟天佑这丫头，我们也很早就熟识了。一点点看她从小孩子长成个漂亮大姑娘。她在绘画上真的很有天分。"

"如果她很优秀，为什么她做不了老师呢？"司辰问。

"她没读完大学，没毕业证啊。而且她……"他突然顿住了。

"她怎么了？"司辰追问着。

"她……可能……身体不太好。"杨老师随便应付了一句，就急忙岔开了，“所以，她只能做个助教，唉，挣得钱少得可怜啊。所以，有时候让她去打扫下卫生，现在孩子们很浪费，很多没用完的颜料、笔墨就扔了，天佑还能捡一些接着用，省点钱。”

“哦，原来是这样。”司辰这时才懂了杨老师的用心。

司辰跟杨老师道了别，走进了教室。天佑看到了司辰，停下了手中的扫帚，有些难为情地低下了头。司辰微微一笑，走上前去，接过了天佑手中的扫帚，认真扫了起来。他从垃圾桶旁捡起了半管颜料，用手擦了一下，微笑着递向天佑。天佑呆呆地站在那儿，慢慢地摊开了双手，闪烁不定的大眼睛透出了吃惊和丝丝感动。司辰的手触碰到了天佑的手，她的手纤瘦冰凉，司辰有种冲动，想紧紧握住这双手，让它变得温暖起来，但他还是止住了念头，把手缩了回来。

司辰帮着天佑很快就把教室打扫完毕了。

“今天还去湖边吗？”司辰对天佑说道。

“不了，这两天瞎婆婆身体不太好，我回去陪陪她。”

“瞎婆婆？你对你妈妈的称呼好特别。她并不瞎啊？”

“她不瞎，只是……她的世界里只有黑色和白色。”天佑回答。

“懂了……我跟你一起去好吗？我……我想买画。”

“还买？”天佑笑着问。

“嗯嗯，还买。”司辰傻傻地笑了起来，像个单纯的孩子。

司辰和天佑一起回到仙居林，大黄狗摇着尾巴迎了出来。

屏风后面的房间里传出了瞎婆婆的咳嗽声，天佑扭头奔了过去。片刻后，天佑搀扶着瞎婆婆走了出来。

“小伙子，来了。”瞎婆婆的声音显得很虚弱。

“嗯，您身体怎么样？”司辰问道。

“不打紧，就是这几天受了点风寒，没事的。”瞎婆婆接着问，“你来买画？”

“哦，哦。是的，来买画。”司辰支支吾吾地回答。

瞎婆婆早就看明白了司辰的心思：“呵呵，好的，你跟天佑先挑画，我去做饭，一会儿一起吃晚饭吧。”

“哦，不了不了，多不合适。”

“没事的，粗茶淡饭而已。”说着，瞎婆婆就颤颤巍巍地走进了侧屋。

“这次买画挂哪里？”天佑问。

“还是卧室。”司辰回答。

“还是卧室？”

“嗯，因为我现在只有一间卧室。哈哈。”司辰笑了起来。

天佑带着司辰在屋子里看了一圈，淡淡讲解着每幅画描述的内容。她停在了一幅梅花前：“这幅是爹爹教我画的。爹爹在的时候就很喜欢梅花，他说：‘世间再冷再黑，也总有美好的事物存在。无论遇到什么事，活着就要努力绽放。’冬天快来了，选这幅吧，也许它能让你感到没那么寒冷和枯燥。”

听着这样的话，看着天佑的大眼睛，司辰突然感到这个女孩的眼神里透出一种坚毅，那是一种经历了很多事情后才会有的神情。

司辰欣然地接受了，把钱递给了天佑。天佑也懂了司辰的心思，她接过钱，看着司辰认真地说了声“谢谢你”，眼神里夹杂着感激和无法言语的情愫。司辰再也忍不住了，他一下握住了天佑的双手，紧紧地握着，想要用尽体温去温暖那双冰凉的手。天佑吓了一跳，猛地挣开了司辰的手，紧皱眉头、喘着粗气，显得很慌张。

司辰也被天佑过激的反应吓到了，两个人尴尬地杵在那里。

“咳咳”，瞎婆婆咳嗽着从屋里走了出来。“来吧，吃晚饭了。天佑，把那桌椅摆好。”瞎婆婆指着那八仙桌说道。

天佑像是缓过了神儿，赶紧去把桌子下面的椅子拿了出来，认真地擦拭干净。显然，这顿饭，瞎婆婆是把司辰当作了重要的客人。两个青菜和一盘腊肉，饭菜虽然简单，但应该算这个家里很丰盛的一顿了。

其间，瞎婆婆跟司辰攀谈了起来。“小伙子，你叫什么？家在哪儿啊？”

“哦，我叫司辰。我家……”司辰犹豫了一下，“在北京。”

“北京？好远啊。父母做什么的呀？”

“那个……我母亲已经去世了。父亲在做生意。”司辰回答得很简单，关于那个家，他并不想多说什么。

他岔开了话题：“对了，阿婆，据说当年您跟林老先生也是从城里搬过来的。为什么想从城里回这小镇子呢？”

“人老了，落叶归根，还是想回到祖辈留下的地方。我老伴儿退休后，我们就回这里了。而且这里多清静啊，相对城里简单了许多，想着对天佑的病也是好的。”

“病？”

“哦，哦，就是点头疼症，早就好了，好了。”瞎婆婆慌忙补充道。

听到这里，天佑低下了头不作声。

司辰也想起了房东罗叔说过的事，显然，天佑的病应该不是瞎婆婆说的这么简单，但他也不愿再去多想什么，因为现在的天佑在他心里就是个温柔美丽、充满才情、让人怜惜的姑娘，任何事情都不会阻碍他对她日益渐浓的感情。

“阿婆，如果您不介意的话，我经常来这里，可以吗？”司辰问道。

瞎婆婆看了下天佑，微笑地对司辰说：“你是个好孩子，来吧。”

晚上，司辰告别了瞎婆婆和天佑，抱着那幅梅花图回到了住处。在大门外正好碰到罗叔遛弯回来。

“呦，司老师，回来啦！”

“嗯，罗叔好。”

“咋的，买了幅画吗？”罗叔看到司辰手里的画，好奇地问道。

“是啊。您要看看吗？”说着，司辰把画小心地铺开了。

“嚯，这梅花，画得漂亮。这准是仙居林的吧？”

“嗯，是的。”司辰略带得意地回答。

“这幅是老爷子留的还是他闺女画的？”

“那女孩画的。”

“不错，不错，真和她爹一个水平了。”罗叔赞叹道。

“罗叔，那女孩只是话少些，人挺正常的呀，您为什么说她……”司辰用手指了下头。

“哎，也是镇上人传的。”罗叔凑近了些，小声地说道，“说那闺女有时候会发疯，而且疯起来很吓人，有一次愣是从自己胳膊上剜了块肉下来，你说吓人不？”

“啊？这话您信吗？”司辰略带激动地反问道。

“信不信的，我是没见过，但是镇上人都这么说。要不这么漂亮又有才的姑娘，咋现在还没许人家呢，八成是真的！”

“反正我不信。”司辰感到有些气愤，毕竟在他心里，天佑的样子很难跟一个疯子联系在一起，他不愿意相信这样的传闻。

司辰抬起了头，突然看到阿祖正站在黑暗的角落里，偷偷听着他们的谈话。他面无表情，僵尸般呆呆地杵在那儿，着实把司辰吓了一跳。

罗叔也看到了阿祖：“小子，才回来。干吗呢？快回去睡觉！”

阿祖怔了一下，一溜烟就跑掉了。

冬天悄然到来，天气转冷了，而司辰和天佑的感情却在逐渐升温。学校、湖边、仙居林都成了两个人常常见面的地方，默契感油然而生。司辰的小镇生活因为天佑的存在而变得充实快乐，他的音乐创作越发热烈，琴弦间跳跃的不仅仅是山间美景带来的灵感，还有这个美丽姑娘带给他的心动；《梅花图》与《雀戏牡丹》两幅画一左一右地挂在司辰房间的墙壁上，他每晚睡觉时都会对着画轻轻道声“晚安”，仿佛天佑也在闪着大眼睛对他说着“晚安”。关于天佑的“病”和镇子里的那些传言已从司辰的脑海里一扫而空。而天佑也因为司辰的陪伴变得开朗、从容了很多，笑容不自觉地在她脸上泛了起来。

这是一个周末的早上。司辰背着琴，顺着小路朝仙居林走去，迎面看到天佑和大黄狗扣子走过来。

天佑对司辰说：“我要去镇子里买些纸墨和颜料，东边有个小店会便宜些。”

“嗯，我陪你去吧。”司辰回答。

“不用了，我很快就回来了。你要是有空就去陪下瞎婆婆吧，她也喜欢听你拉琴。”

“好的，我这就去。其实我一直感到奇怪，阿婆每天都要研墨，而实际上并不需要那么多啊？”司辰问道。

“是因为爹爹。”天佑低下了头，“爹爹在的时候，瞎婆婆就是这样每天为他研墨；爹爹走了，瞎婆婆依旧这样研着，仿佛爹爹还在，一切都没变。所以……”天佑的眼睛湿润了，“我还要去给她买墨，再多都要买。”

天佑抬起了头，突然望着司辰：“你说，感情真的可以永恒吗？哪怕爱的人已经不在了？”

司辰一下把天佑抱在了怀里，“可以的，可以的。”司辰坚定地说。天佑在他怀里，欣慰地露出了笑容。

司辰为天佑捋了下头发，温柔地说：“快去吧，注意安全。”

“嗯，放心吧，有扣子呢。”

“汪汪”，扣子像是听懂了，对着司辰叫了两声。

看着天佑和扣子慢慢走远，司辰也转身往仙居林走去。

“阿婆，我来了！”司辰在门口打了声招呼，瞎婆婆开心地把他迎进了屋。

昨夜刚下了一场冬雨，天气变得潮湿寒冷。走进屋子也同样寒冷，并没有暖和多少。瞎婆婆披着一件旧披肩一直搓着手。

“阿婆，天这么冷，您怎么不生火呀？冻病了怎么办？”司辰问道。

“天佑怕火，我们从来没生过火。”

“啊？怕火？”司辰愣了一下，但也没多想什么，“那回头我给您买个电暖气吧，能管点用。”

“谢谢，真是个贴心的孩子啊，天佑跟着你，我就放心了。”瞎婆婆微笑地说。

“我先去给您把门窗关上，暖和些。”司辰说着便起身去把门和窗都关上了。这时他走到角落，看到了通向阁楼的木梯，他想起了在外面看到的那扇阁楼的小窗。

“阿婆，上面是不是还有扇窗？我也去关上好吗？”司辰问道。

“行，反正我这老胳膊老腿的，也爬不上去。”瞎婆婆呵呵笑着。

司辰顺着窄小陡直的木梯慢慢向上爬去，快到顶部时，一束强烈的光线投射了过来，司辰顺着光线穿过一个不大的方形洞口，爬进了阁楼。

“啊！”司辰被眼前的一切惊呆了，一个强烈的色彩世界迎面冲来。他睁大了眼睛扫视着周围：在这个不大的空间里，墙上挂满了、地上也堆满了大大小小的画，有油画，也有部分水彩。所有的画都是用强烈而夸张的颜色描绘，抢眼的黄、纯粹的蓝、血色的红……不仅如此，透过画框间的缝隙，看得出墙壁和地板也被涂满了丰富的颜色，只有房屋中间留着一块空地摆放着一个画架。这些强烈的色彩之间的碰撞，如同起了化学作用，像一簇簇跳跃的火苗不停冲击司辰的眼睛，咄咄逼人，让他的心澎湃不已。

司辰深吸一口气，使劲眨了眨眼，平复好心情一幅幅仔细看着这些画：《黄房子》《星月夜》《麦田群鸦》《红色葡萄园》《杜比尼花园》《向日葵》……司辰突然发现，这里面有大量的画都是临摹的荷兰画家凡·高的名作，色彩、笔触、明暗、构图，临摹得非常到位。还有一些画虽然不是临摹名作，但也用了同样的画风：夸张的色彩、粗犷的笔触和强烈的表现力，似乎每一幅画都在跳动，都在呐喊。

“这不就是那座湖吗？”司辰突然看到几幅画，描绘的正是湖边景色——被晚霞涂抹的彩色天空和透着魔力的深紫色湖面，画面张扬着自然的神秘力量。

“啊？难道这是……我？”司辰又看到了一幅人物像——山坡上，晚霞照耀下，画中的青年安静地拉着小提琴。虽然人物面部并没太细节的刻画，但那衣着、身形，司辰已经可以断定这画的就是自己。

“这幅是……”司辰又轻轻地拿起了一幅画摆在眼前——尖形的屋顶、透亮的小窗、布满了画的墙壁、正中间一个画架……这幅画正是从司辰站着的位置看到的阁楼内景象。画与真实情景层叠在一起，司辰恍然进入了一个奇妙的视觉空间。

司辰沉浸在这一幅幅画中不能自拔……

“小辰，怎么了？”这时，瞎婆婆的一句呼唤把司辰“叫醒”了。

“啊，没事，我马上下来。”司辰放下画，赶忙走向前把正中间的小窗关上了，在窗边看到角落里堆的几本画册，顺手捡了起来，走下阁楼。

司辰又回到了一楼的国画世界，这楼上与楼下，一个清淡秀雅，一个热情浓烈；一个规矩传统，一个任性张狂。司辰难以理解，在天佑那瘦弱的身躯里如何同时藏着这两个迥异甚至是矛盾的世界？这样一个向一百多年前的西方画家致敬的色彩空间又是如何存在在这样一个中国南方偏远的小镇？……司辰的心无法平静，他对天佑这个逐渐熟悉的爱人突然感到陌生了起来。

“她究竟还藏着多少秘密呢？”此刻，司辰迫切地希望走近天佑，更多地去了解她。

司辰翻了一下从阁楼里带下来的画册，这是几本西方著名画家的临摹画本。塞尚、高更、莫奈，最多的是凡·高的，而从画册的新旧程度上也能看出，被翻阅最多的也是凡·高的。

“阿婆，天佑在阁楼里的画你都看见过吗？”司辰向瞎婆婆问道。

“在阁楼里的画？阁楼里还有画吗？”瞎婆婆呵呵一笑，接着说道，“我老了，腿脚不好，那阁楼我已经很多年没上去过了。从小，天佑就喜欢一个人待在阁楼上，孩子想有自己的空间，我们也不想去打扰她。”

“只是，那些画……”司辰想说什么，突然止住了，淡淡地说了句，“非常美！”

“嗯，我闺女的画肯定很美的。虽然我看不出颜色，但我心里分辨得出。”瞎婆婆说道。

司辰努力控制自己的思绪，但阁楼里的那个色彩浓烈的空间一直闪烁在他的头脑中，瞎婆婆见他若有所思的样子，关心地问道：“小辰啊，你这是怎么了？”

“哦，没事，没事。”司辰笑了一下，“阿婆，我给您拉支曲子吧。”

“好呀，好呀。”

司辰把画册放在桌子上，拿出小提琴，缓缓地奏了起来。

过了许久，天佑和扣子回来了。天佑迈进了门，看到正在拉琴的司辰，她微微笑了一下，把手里拎着的一大袋子纸墨颜料放在桌子上。突然，她看到了桌子上的那几本画册，变得紧张了起来，猛地抬起头，眉头紧锁，大眼睛直勾勾地盯着司辰。

司辰停止了拉琴，不安地说：“天佑，我……我只是……”还没等司辰说完，天佑快步跑向了木梯，爬上了阁楼。司辰放下了手中的琴，犹豫了一下，跟了过去。

司辰就如同一个犯了错的孩子一样，小心翼翼地爬上了阁楼。天佑正蜷坐在地上，双臂紧紧地抱着腿，紧张地望着四周的画。司辰慢慢走了过去。

“很抱歉，是我闯入了你的世界。我知道，这是属于你一个人的。但它们真的很美。能让我跟你一起分享吗？或是，让更多的人去了解这些美丽，不好吗？”司辰的语气很轻柔，生怕会伤到这只“受惊的小鸟”。

“没有人喜欢，没有人懂的！”天佑使劲摇着头，几乎快要哭出来。

“我喜欢，我也想要更懂你，请给我机会，好吗？”司辰的手紧紧地抓着天佑的肩头，眼睛里充满了渴望，甚至是恳求，“天佑，好吗？”

“你……真的喜欢？”天佑望着司辰的眼睛，眼前这个男人不仅是第一个走入她私密空间的人，更是想要一步步打开她内心禁区的人。天佑希望自己能勇敢起来，去信任这个爱她的男人；可是她又在害怕，因为她有种预感，一些连她自己都未知的过往和真相正在某个地方等着她，她一直不曾靠近，而这个男人也许会带她步步靠近。但那些等着她的，究竟是什么样的鲜血淋漓，或是混乱不堪，天佑现在无从知晓……

天佑深吸一口气，鼓起了勇气，点了点头。司辰把天佑紧紧搂在了怀里。

冬日的阳光透过小窗散布在阁楼里，油彩在阳光作用下强烈地刺激着司辰的眼睛，也燃烧着他心中的种种疑问。

“这些油画也是爹爹教你的吗？”司辰轻轻地问天佑。

“不是，他不喜欢我画这些。”

“所以，你就躲在这里画？”

天佑并没有回答，因为这不仅仅是她把这一切藏起来的唯一原因，而她也说不清其他的原因是什么，只是冥冥之中的一种守护，守护这个油画世界里住着的另外一个自己——与这栋房子，与这个小镇，与现实中的“林天佑”都不同的另外一个人。

“你很喜欢凡·高的画？”

“嗯，不只是他的画……”

“那……还有？”天佑的回答让司辰感到很奇怪。

“他的人！”天佑回答道，“他是个伟大的人！”

“在艺术上很伟大，只可惜是个疯子。”

“你也认为他是个疯子？”

“哦，我并不了解……只是世人不都这样说吗？”

“他不疯，他经历了那么多，他的承受力和忍耐力已经超越了常人。要说‘疯’，他只是疯狂地爱着绘画艺术而已。”

“听说他会吃掉颜料。”司辰轻描淡写地嘟囔了一句。

而天佑却严肃了起来：“那是因为他穷困潦倒，没有餐具，把笔杆当作了刀叉。”

“他不是割掉了自己的耳朵吗？”

“或许那是跟高更一场冲突中意外受的伤。当然，我更愿意相信另一种解读——他是在用自我牺牲和悲悯情怀，割下耳朵当作珍贵的礼物送与和他惺惺相惜的女孩。”

司辰皱紧眉头：“按这种说法，那他并非精神失常？可……他最后不是自杀了吗？”

“他不是自杀！那是场误杀！”

“啊？”司辰吓了一跳，他无法想象在这样一个小镇女孩的嘴里，竟然冒出一个推翻百余年世人对这位传奇画家结局定论的言语。

司辰不知道该如何追问下去了，这样疯狂的话他可以选择不去相信。可是，他的固有认知也仅仅是来自大众流传的说法而已，自己并没有什么根据；但从天佑的眼神和语言里能感觉到一股不容动摇的坚定，那是因为了解、深知而拥有的自信，那是因为热爱而产生的要去守护的力量。

司辰的内心越发混乱了，在这个边远小镇的阁楼里如何会发起这样一场跨越半个地球和百余年时间话题的讨论，并且他感受得到凡·高对这个女孩产生的影响不仅仅是艺术层面那么简单，那是一种心灵深处的融通，如同灵魂投射出了影子。

司辰平复了一下心情，轻轻地握起天佑的手。

“天佑，我尊重你所热爱的一切。我无心冒犯，只是不了解而已。这都是怎么回事呢？你接触这些很久了吗？”

天佑深吸一口气，慢慢捡拾曾经的记忆，她知道司辰是唯一可以与她分享这一切的人，她鼓起了勇气慢慢把故事讲了出来。

“记得是我上中学时的一天，爹爹让我去给杨老师送幅字。”

“就是咱们学校那位教美术的老先生？”

“是的。我在他办公室的书架上随手翻了本画册。那是本凡·高的作品集，不知道为什么当我看到那样的画，我……我一下子有种很奇怪的感觉，那些画很熟悉，真的很熟悉，就如同很久前就刻在了我的脑子里，可是我想不起来缘由。杨老师见我喜欢就把画册送给了我。我拿回家，爹爹看到时并不开心，可能是怕干扰我学国画，把画册扔掉了……”天佑轻轻叹了口气。

“后来呢？”

“后来？当然是被我偷偷捡回来了。其实，那时的我并不知道凡·高是谁，只是感觉自己似乎是被安排好的应该去画这样的画。我躲在这个阁楼里，把册子上所有的画都临摹了很多遍。开始以水彩为主，直到我考上城里的大学，打工挣了些钱，便更频繁地画油画，尝试挑战常规的对比色运用，尝试他那极富生命感的笔触，尝试用色彩表现情绪，才慢慢画出了一点凡·高的影子。也是那时候我才有机会看到更多他的画，画了更多他的画。我还查看了很多关于凡·高的著作、资料，去了解他和他所接触的那些人，他和他弟弟提奥的往来信件也读了很多遍……

“当你越了解他，就会越懂他的画；你越懂他的画，就会越来越爱上这个人。他的善良、他的仁慈、他的狂热、他的执着。艺术伟大是因为蕴含了他的整个生命。

“还有很多人在研究他的死因。我想说，想知道他到底怎么死的，应该先看看他是怎么活的！”

听着天佑的话，司辰动容了，此时，他的目光落在了一幅临摹作品《麦田群鸦》上，天佑看出了司辰的不解，她走过去轻轻拿起了那幅画。

“世人都说这是凡·高的最后一幅画，他把‘遗书’放在画布上：乌鸦代表着不详，乌云预示着死亡，空无一人的麦田表现着他强烈的孤独感，整个画作躁动紧张，凡·高用画告知世人‘我即将离去’……”

“难道不是吗？”司辰问道。

“不是的！乌鸦在一些文化中确实代表着不祥，《圣经》传说中乌鸦也出演着被诅咒的角色，它乌黑的羽毛中夹杂着金属感的深蓝和深绿，那是死亡的光泽；但是乌鸦同时也是智慧和勇敢的象征，它警醒着人们危险，传达神灵的旨意。凡·高在奥维尔的最后那段时间，被认作精神病患者，他是孤独的，他不被人理解，而这些乌鸦则是他的朋友，整个画面因为这些飞鸟的存在，反倒证明凡·高的内心在努力战胜孤独，乌云被甩在身后，积极勇敢地飞翔。金黄的麦田中不是死气沉沉的一片，而是有路的，那是通向希望和收获的道路。我相信凡·高画这幅画时，虽然传达着悲伤，但并不绝望，而是含着希望和憧憬的。”

第一次听到这样的解读，这幅画在司辰心里也突然变得明亮了起来。

天佑接着说道：“更重要的是，这根本就不是凡·高的最后一幅画！”

“啊？”天佑不断地挑战司辰的原有认知，他皱起眉头继续听着。

“虽然凡·高作画速度非常快，随心随性而画，但一幅油画为了色彩层次的需要，是要等前一层油彩干了再继续下一步，等真的完成是要时间的。《麦田群鸦》是在他死前两周完成的，而这两周内还有其他画在同时进行，比如这幅《多比尼的花园》。”

天佑拿起了一幅《多比尼的花园》的临摹画，继续说道：“凡·高有时会画不止一幅画来表现同样的场景，这是一位画家在精进自己作品的过程。他画了两幅《多比尼的花园》，第一幅有一只黑猫，而这第二幅他又顽皮地让黑猫跑掉了，只在草坪上留下黑猫压过的痕迹。这第二幅画完成时间就在《麦田群鸦》之后。怎么没有人说这幅画代表着死亡呢？他在给他弟弟的信件中描画过这个创作的草图。这是幅充满生活气息的画作，体现着自然与艺术的和谐感，他希望世人看到人们在奥维尔这个自然环境中享受着事业上的成功和生活上的优裕。这是种理性又积极的心态，不是吗？”

司辰接过了天佑手中的这幅画，仔细地看着。

天佑继续说道：“从完成《麦田群鸦》到他死去的那两个星期，除了这幅他一定还在画其他的画，如此疯狂的高产画家绝不会让自己停下那么多天。甚至他被枪射伤的当天应该也是在作画的。提奥的妻兄曾提及凡·高在那天上午还画了一幅树林的景象。继而有人认为，他最后画的就是这一幅……”

天佑拿起了《树根》的临摹作品，说道：“茂盛的枝叶，野蛮交错的树根，这不更是一种阳光而富有强大生命力的画作吗？一个计划结束自己生命的人，留给世界最后的纪念绝不会是这样的！”

司辰问道：“所以……你认为他不是自杀的？”

“是的！”天佑坚定地说，“凡·高一贯深爱着自然，歌颂着生命，仁慈地对着周围的人。他在博里纳日矿区布道时曾那样接近死亡、直视死亡，他顽强地活着，把自己所有的一切都给予了苦难的人们。生活确实对他太不公平了，他承受的苦难也太多了。但我相信，凡·高不会是个主动选择死亡的人，因为他心中有‘大爱’！”

天佑的眼睛望向了窗外，阁楼里那扇小小的窗像是变成了一双翅膀，飞向了无际的蓝天。

听到此时，司辰的心彻底被震撼了。面前的天佑已经完全变了一个人，不再是那个文静柔弱的小镇女孩，而是化身成一位“战士”：她知识丰富，逻辑清晰，理性却不失热情，言语铿锵有力，她在为自己的信仰而勇敢表达，她在为艺术、为生命、为尊严据理力争！她的眼中有一道特别的光！

司辰必须重新认识面前的这个爱人。那个曾经安静而让人感到怜惜的姑娘此刻却充满力量，这种力量反过来在感染着他，去热爱、去期待、去努力生活！

司辰想起《哈姆雷特》中的一句话：“即使把我放在火柴盒里，我也是无限空间的主宰者！”

03

<橙>

红草莓福利院

“幸”或“不幸”在这里是个没有答案的“伪命题”。

司辰与天佑在阁楼里的交谈持续了很久，直到他们突然被“咣啷”的一声打断，像是什么东西摔在了地上。天佑一惊，慌忙地爬下阁楼，司辰也紧跟着下来。

只见瞎婆婆晕倒在了地上，一只砚台被打碎在她的身旁。

“瞎婆婆，瞎婆婆……”无论天佑怎么呼唤，瞎婆婆都没有回应，司辰背起婆婆，向医院飞奔而去。

瞎婆婆被送入了急诊室。司辰陪着天佑坐在了诊室外。

天佑紧咬着嘴唇，浑身都在颤抖，大眼睛慌乱地闪动着，眼泪被强留在眼眶内打转，一种害怕失去的恐惧感压得她喘不上气来。

“会没事的，会没事的。”司辰不停地安慰着天佑，把她搂在了怀里。

时间慢慢过去，每一分钟对天佑来说都是煎熬。当医生终于走出急诊室，带给天佑的并不是什么好消息：“老人的病非常严重，虽然通过急救暂时脱离了生命危险，但是她年岁大了，很多器官都已经衰竭，剩的时间不多了，要随时做好心理准备……”

天佑的眼泪终于忍不住地掉落下来，这是她在这世上唯一的亲人了，她深爱着这位和自己相依为命的老妈妈。虽然生老病死无法逃避，但她还是很难接受这样的事实。司辰静静地站在那里，此时，他的怀抱毫无保留地承载着天佑的眼泪。天佑哭了一会儿，平缓了下情绪，抹去了脸上的眼泪，和司辰一起走进了病房。

瞎婆婆沉沉地睡着，身上插着各种管子和线路，监测器上的曲线艰难地跳动着，代表血压的数字旁一直闪着红灯。

不知过了多久，瞎婆婆终于醒了过来，看到天佑和司辰在身旁，露出了淡淡的笑容。

“闺女……”瞎婆婆轻轻地呼唤了一声。

“我在，我在。”天佑紧紧地握住了瞎婆婆的手。

“吓到你了吧？”瞎婆婆用微弱的声音说道，“我的时间是不是不多了？”

“不是的，不是的，您会好的，很快就好了！”

瞎婆婆轻轻摇摇头：“我刚才梦到老头子叫我呢，我很快就能见到他了……”此时，瞎婆婆的表情平静而安详，甚至有所期待，在她心里已经藏了太多对老伴儿的思念，让她可以如此坦然地面对死亡。

“闺女，去给我买点粥好吗？我有点饿了。”瞎婆婆缓缓地对天佑说道。

“我去吧！”司辰抢着说。

“小辰，让天佑去吧。你陪我待会儿。”

天佑不放心地扭着头，走出了病房。

“小辰，有些事情我得告诉你……否则以后没机会了。”瞎婆婆深深地吸了口气，握住司辰的手，吃力地说道，“去帮天佑找她的亲生父母吧！”

“什么？”司辰惊讶地望着面前这位虚弱的老人，“你们不是她的亲生父母？”

“嗯，天佑是我们从城里的福利院领养的。”

瞎婆婆的眼里泛起泪光，继续说道："我和老伴儿一辈子无儿无女，岁数渐渐大了，就打算去领养个孩子。我记得很清楚，去福利院的那天，看见一个六七岁的小姑娘自己躲在角落里安静地画画，乖巧又那么孤独，让人看着很心疼。我们领养了她，给她起了名字叫'天佑'，就是希望老天能保佑她。"

"后来，我们带着她一起回了咱观霞镇。"瞎婆婆费力地喘了口粗气，接着说道，"起初，我们也问过她过去的事情，可她什么都不记得，我们就再也没提过。而且我们把她视为己出，也希望她忘记过去的事，真正成为我们的孩子。这么多年过去了，她确实就像我们的亲闺女啊！但现在，我快不行了，如果天佑还有父母、还有亲人在世，不就又有了一个家啊！"

"您为什么不直接跟她说？"司辰问道。

"我……我不知道该怎么说，我……舍不得……"瞎婆婆哽咽了起来。

"妈妈！"这时，天佑从房间外冲了进来，原来她一直就在门外，全都听到了。

"妈妈，妈妈，您就是我的亲妈妈。对不起，我以前从来没有这样叫过您……"天佑扑在瞎婆婆身边哭了起来。

"好孩子，有你陪我这么多年，我已经很满足了。我现在要去找你爹爹了。你自己要好好的啊……"瞎婆婆轻轻地抚着天佑的头，"回家，在我的床下有一个匣子，里面的东西是当年领养你的时候你身上戴着的，也许跟你的亲生父母有关……去吧……"

"嘟嘟嘟……"此时，监测器上突然响起了警报，护士冲了进来："快出去，快出去，病人需要休息！"天佑和司辰被赶出了病房。

瞎婆婆在昏睡了几天之后，安详地走了。

这个冬天出奇得冷，山间的草木披上了一层白色的冰霜，仿佛灵帐一般，没有虫鸣、没有鸟叫，一切都在冰冷中沉睡着。“慈父林恒远之墓”“慈母林常钰之墓”，两座墓紧紧相连，手牵着手，永不会再分离。

司辰拿起小提琴，缓慢地拉起了哀乐，乐声在这山间显得格外空灵悠长。天佑轻轻地擦拭着墓碑，眼泪静静掉落。虽然天佑一直都知道自己是领养的，但是她对于在福利院以前的记忆基本为零，到了林家就如同她新生命的开始，尽管过得清贫，却也是幸福的，两位善良的老人给了她全部的爱和一个完整的家。而当这个家彻底破碎，冥冥之中，天佑感觉到自己的这一段“插播”出来的生命旅程也结束了，她似乎要回归到另外一个自己，与林家、与观霞镇都无关的自己。

司辰陪天佑回到了仙居林，整理瞎婆婆留下来的遗物，天佑从床下找到了瞎婆婆提到的那个木匣子。匣子巴掌见方，很朴素，没有雕纹，木色已经变得陈旧，上面浮了一层尘土。天佑擦拭掉了尘土，却迟疑着不敢把匣子打开。

“里面到底是什么？跟我的身世有关吗？我到底是谁？我从哪儿来？我的亲生父母为什么不要我了？”……天佑的心里被一大堆问题塞得满满的，这近二十年里，林老夫妇的陪伴让她已经忘记了这些问题的存在，而现在，它们一股脑涌了出来，像被封实了很久的大坝突然决堤，让她感到窒息。面前这个匣子也许就是填堵堤口的一块石头。

司辰看出了天佑的不安，他轻轻地抚了下天佑的肩膀，鼓励她慢慢地打开了木匣子。

匣子里面有一个折叠的信封，还有一个红布包着的什么东西。天佑拿起了信封，从里面抽出了一张纸，是一张“收养公证书”：

收养人：林恒远，男，林常钰，女，现住重庆市荣誉路乙25号3栋104

被收养人：祖小云，女，生日不详（约7岁），现住重庆市红草莓儿童福利院

送养人：重庆红草莓儿童福利院

兹证明领养人林恒远、林常钰夫妇收养被领养人祖小云为养女，其收养关系于二〇〇四年一月十三日起成立，祖小云改名为林天佑。

上面还有公证处和公证员的名字。

“祖小云？这是我的本名吗？红草莓福利院？”天佑使劲拼凑着对这段福利院生活的记忆，可是只有支离破碎的几个影子从脑中闪过：画着草莓的铁牌子、灰色的墙角、几根折断的蜡笔……其他什么也想不起来了。

“一月十三日……难怪爹妈说这一天是我的生日……”

天佑小心地把那个红布包拿了出来捧在手里，轻轻地打开，一条银质的项链显露出来。项链在长期的氧化作用下，已经变得乌黑。天佑用红布轻轻蹭了蹭，仔细看着：简约的十字链，坠子是一枚雕刻精细的向日葵花盘，花心突突点点，舌状花瓣层叠着使边缘形成了一圈不规则的齿形，整个花朵立体生动。天佑把坠翻过来，背面印刻着三个大写字母“LYN”。

“LYN代表着什么？”天佑和司辰第一时间想到这很可能代表

着一个名字，是天佑的本名？“L”代表李？刘？林？卢？……L打头的姓太多了，后两个字母更是没有头绪，并且这跟“祖小云”这个名字也对不上啊。

天佑翻来覆去仔细地看着这条项链。

“等等！”天佑突然意识到了什么，拿着项链爬上了阁楼，司辰也跟着上了去。天佑在众多的油画中翻找着，比对着，片刻后，她发现了自己要找的东西——一幅凡·高的《向日葵》。天佑把项链坠比到画前，啊，原来这枚项链坠的造型竟和画中的一朵向日葵一模一样，一个花瓣都不差！

司辰也感到很惊讶，他问道：“向日葵代表什么？”

天佑思考了一下，说道：“1888年到1889年，凡·高画过很多幅向日葵，这种瓶插的向日葵大约有七幅。这幅只有三朵花的画应该是他画的第一幅，也是花朵最少的一幅，之后画过五朵的和十几朵的。这几幅向日葵作品诞生在他与高更共处的那段时间前后，用画作为见面礼迎接高更的到来，也用最后一幅向日葵作为友谊破灭的祭礼。”

天佑深吸了一口气：“凡·高的一生几乎都被挤迫在命运的边缘，饱尝着世态炎凉，但他反而鞭策着自己在逆境中寻找阳光，炽热地活着。我想这就是向日葵对于凡·高的意义。”

“可是这枚项链跟凡·高有什么关系呢？跟我又是什么关系呢？”天佑陷入了深深的迷惑中，“难道我的亲生父母也喜欢凡·高？还是他们喜欢向日葵，碰巧找到这幅画做了模板而已？”

天佑把项链戴在了脖子上，用手紧紧攥住了项链坠，像是在用触觉和体温去发掘更多的讯息，直到手掌被按压出了花朵的痕迹。

“我想去寻找！”天佑抬起头，坚定地说道。

“寻找亲生父母？”司辰问。

“还有我自己！”天佑的眼睛望向了窗外的那一方天空，天很蓝，很蓝。

时隔大半年，司辰又坐上了长途车，上次这辆车载着他来到了观霞镇，这次又载着他和心爱的姑娘离开观霞镇，进了城。

在各种导航工具的帮助下，找到红草莓福利院并不是什么难事。应该庆幸过了近二十年，红草莓福利院依然在那儿，只是它已经变得破败陈旧。

掉了漆的棕红色大铁门紧紧关着，两根粗粗的石柱坑坑点点，一左一右站立在大门两侧，一圈灰土色的带着玻璃碴的矮墙把里面围成了一个密不透风的“城”，隐约透出孩子们叽叽喳喳的声音。一道彩虹形状的拱形铁架子中间挂着一颗铁皮做的草莓，“红草莓”在铁锈的“装点”下，变成了斑驳的棕黄色，如同烂掉了一般。但就是这颗“烂草莓”对应上了天佑仅存的一点记忆。

“就是这里！”天佑说道。

天佑和司辰在铁门外敲了很久，终于有人应答。

“咣啷啷”，大铁门被推开了一道缝。

“你们是谁？有什么事吗？”一位有点驼背的老大爷从门缝中警惕地看着天佑和司辰。

“您好。我小时候在这里住过，我想打听点事，可以进来吗？”天佑回答道。

“在这儿住过？好吧，进来吧。”老大爷把天佑和司辰让了进来，转身把大铁门关紧，反锁上。

“平时这里不让人进吗？怎么门要关得这么严？”司辰嘟囔了

一句。

老大爷听到了，瞥了他一眼："这福利院的孩子很多是有智力障碍的，到处乱跑，丢了咋办？"

"哦，明白了。"

"你们想打听什么？"老大爷问道。

天佑说："我想查一下我小时候是怎么来这福利院的，我想知道我的身世。"

"呵呵"，老大爷冷笑了一声："怎么来的？这里的孩子要么是被遗弃扔门口的，要么是街上流浪被好心人送来的，要么家里变故无父无母的……孩子要是自己不记得，谁能知道他的身份啊。"

天佑叹了口气，默默低下了头。

"姑娘，你那是啥时候的事情了？"大爷问道。

"大概十六七年前。"天佑回答。

"你瞅瞅，时间又过了这么多年，留没留接收记录都不一定。"

"接收记录？您是说会有接收记录？"

"嗯，福利院每收一个孩子，就会有一些登记。可是你这都过了这么久了，不好查呀。要不你们去档案室问问吧。"

"好的，好的，在哪儿？"

老大爷给他们指了路，天佑和司辰向院子里走去。

院子里有几个跑来跑去的孩子，他们旁若无人地乱叫着，偶尔停下来看看天，像在做一种特别的游戏。左侧有一幢二层灰色小楼，门外也坐着几个孩子，有的在台阶下，有的在墙角边，还有的在轮椅上。孩子们要么低头不语，要么自言自语，要么用带着敌意的目光死盯着天佑和司辰，让他们浑身不自在。没有笑声，没有笑容，尽管今天阳光明媚，这里的氛围却让人感到阴郁低沉。

从灰色小楼经过，一些记忆的碎片与天佑眼前的景象重叠，台阶、墙壁、孩子、蜡笔……还有……天佑猛地抬头望向二层最边上的一扇窗，但窗内黑黑的，什么也看不到。碎片仅是碎片，几个模糊的画面叠过之后，天佑的脑中再也挖不出来什么记忆了。

天佑和司辰继续往前走，院子最里面有一排平房。他们找到了挂着“档案室”牌子的房间，说明了来意，一个四十来岁的女人十分不耐烦地回应了他们：“这档案室都清理好多回了，那么久的资料，上哪儿找去？”

天佑求了半天也没用，这个女人冷冰冰地说：“有多少孩子长大了都想来问身世，找父母。可是即便找到了有什么用？要是父母有良心的话，会扔自己的孩子？这样的混蛋父母找他们干吗?！”

“也许，我的不一样！”天佑还在尽力做着争取。她的眼神充满执着与期盼。

女人实在拗不过，叹了口气：“得，看你们这么坚持，那我就帮你们找找吧，等着！”说着，起身向里屋走去。

过了许久，女人从里面出来，抱着几包落满灰尘的牛皮纸袋子。“算你们运气好，资料没有丢。这是从2000年到2004年，福利院孩子的接收单。大概就在这期间吧？你们自己找吧。”

天佑和司辰表示了感谢，连忙翻找起来。

时间、地点、接收方式和接收时孩子的基本情况……这里白纸黑字地记录下当年的情形。每一张单子都是一个孩子命运转折的开始，从此他们被贴上了“遗弃”“孤儿”等冰冷的标签，与自己的原生家庭彻底剥离，开始了在福利院的生活，这终究会影响其一生的命运。“幸”或“不幸”在这里是个没有答案的“伪命题”。

“找到了！”天佑手里拿着一张单子，微微颤抖着。

本名：不详

现用名：祖小云

性别：女

生日：不详

年龄：约6岁

接收时间：2003年5月7日晨

接收地点：红草莓儿童福利院大门外

基本情况：遗弃，未留文字信息。身体状况良好，疑有精神问题。

下面还有两个潦草的签名。

“遗弃？”这两个字像针一样刺得天佑疼痛不已。

女人接过单子，抬眼看了一眼天佑：“这是你吗？这不没啥精神问题嘛。”

司辰询问女人：“大姐，这单子上的意思代表什么？”

“这还不清楚啊？”女人指着天佑说，“有人把你丢咱福利院门口了。早上发现了就接进来了呗。唉，这种情况多的是。不过一般都是身体有残疾的婴儿，六七岁这么大了还扔的不多见，这父母得多狠心啊。”

“肯定不是这样的！”

“那能是怎样？”

“我……我不知道，我什么都不记得了。”天佑不愿接受这种说法，她的心里充满了怀疑和沮丧。

“请问上面的这个‘祖小云’的名字……会是我的本名吗？”天佑接着问道。

“不一定。我们福利院有个习惯，对那些没有姓名信息的孩子，接收的时候会给他起一个名字，就用接收他的老师的姓，而名字多是跟当天的天气相关，什么云啊，风啊，雨啊，阳之类的。这个名像是来福利院后起的。”

司辰又看了看单子，说道：“2003年5月到2004年1月被收养，天佑在这里住了大半年啊，肯定还有些人更清楚当时的情况。大姐，我们还可以向谁咨询呢？这单子上的两个签名是谁？”

“哦，一个是当初发现她把她接进来的老师，一个是当时的院长。”女人瞥了眼单子，回答道，“这不，老师姓祖，没错，你那个名字应该是这里起的。”

“祖玉梅”“向东生”，司辰和天佑辨认出了老师和院长的签名。

“我们能找到他们吗？”

“啊呀，这个签名的老师，我都不认识，肯定早就走了。这个向院长也退休了，换了，早就都换了。”女人回答道，“好了，好了，都让你们查了，可以走了吧，我还要忙呢！”女人又显出了极其不耐烦的态度。

司辰拿出手机拍了单子，和天佑走出了档案室。他们在福利院里到处打听了起来，连问了几个老师都不认识这两个签名的人，他们又回到大门口向那位驼背老大爷询问起来。

大爷说：“祖玉梅，我记得这个人。她不是去世了吗？”

“啊？去世了？”

“啊呀，这都十好几年前的事啦。后面这些新来的老师当然不知道了。”

“那您知道向东生院长吗？”天佑还是不甘心。

“早退休了，没音信了。我看你们还是回去吧，回去吧。”说着，老大爷把他们驱赶出了大门。

“咣”！大铁门被不留情面地关上了。

这次红草莓福利院的探访并没有得到想要的答案，反而那句“遗弃”为天佑增添了痛苦，因为她的心里不愿相信这样的结论，一种无法言语的直觉让她感到这背后藏着一个深不见底的黑洞。但目前又找不到新的线索，司辰和天佑只得坐上了返回观霞镇的大巴车。

回到镇子，天佑陪着司辰回住处去取小提琴，因为在这个时候，去湖边演奏一曲是最能让情绪放松下来的方式。但他们并不知道，有辆黑色的高级轿车早已停在大门口等候着他们。

当轿车映入眼帘时，司辰紧张地停住了脚步，拉起天佑的手扭头往回走。

“司辰，给我站住！”只听得从轿车那边传来了一个男人的喊声。

司辰无奈地叹了口气，扭头转向了男人，似笑非笑地拉着天佑慢慢地走上前。

天佑好奇地打量着这个男人：他看起来三十岁左右，高高的个子，眉宇间透着冷峻，一层浅浅的络腮胡把脸型衬托得更为立体，深蓝色的毛料风衣配一款长围巾，一看就是很有身份的人。

“哥！”司辰冲着男人喏喏地叫了一声。

“你还记得我这个哥呀！玩够了吗？该回家了吧？”男人的语气像是在教育孩子。

“我不回去！我还有事要做！”司辰的态度非常强硬。

“有什么事？”男人看向天佑，很不客气地问道，“她是谁？”

“她是我女朋友！”司辰紧紧握着天佑的手。

“女朋友？在这小镇子找的？开什么玩笑！”男人毫不客气地表露出一种厌恶的神情。

天佑被这突然的一切弄得不知所措，低下了头，慢慢挣脱了司辰的手。

司辰转向天佑，温柔地说：“你先回家好吗？等我处理好了这里的事，会去找你。”

说着司辰跟男人上了轿车，天佑呆呆地站在那儿看着轿车远去。

时间像沙子，只是被水浸湿了，变得黏腻、凝固。这几个小时里，天佑努力梳理着各种跟她身世有关的讯息，希望把它们串联一起，却零零散散，找不出什么脉络。加之突然出现的关于司辰的状况又让她忐忑不安，静不下来。

“司辰有个哥哥？他几乎没提过他家里的事，他是谁？他为什么来这里……”

“汪汪”，随着扣子的叫声，天佑终于等来了要给她答案的人。司辰走进了屋子，带着几分疲惫，很显然刚才经历的是一场并不轻松的谈判。

“天佑，对不起，一直没跟你讲过我的事。你愿意听吗？”

天佑递上一杯热茶，轻轻点了点头。

“刚才那个男人是我哥，司宇。”

司辰长舒了一口气，低着头，慢慢说道：“其实，我是为了躲开我父亲而来的这个小镇。我的父亲是一个霸道又冷漠的人，在我印象中就没见过他笑，只是不断要求我们必须服从他的安排。我哥司宇在他的计划下学了经济和法律，辅助他做生意，又被迫娶了一个不爱的女人；父亲要用同样的方式安排我的人生，他不同意我做音乐，我感情的事他也要干预。对于我想要什么，我的感受，他完全不关心。他的那种控制欲，简直要把我压得喘不上气了。特别是，他对我的母亲……”

司辰顿了一下，把话吞了回去：“总之，在母亲过世后，我一直都想躲开，躲开他，躲开那个家……”司辰的手指不自觉地抠搓着手中的茶杯。

“所以，你躲到了这个小镇？”天佑说。

司辰把茶杯放在了桌上，回复道：“是的。可是，我太天真了，他毕竟是我父亲，我又怎么躲得掉。哥哥跟我说，父亲从一开始就知道我在这里，只是想让我过过苦日子，知难而退，自己回去。呵呵。”司辰无奈地苦笑了一声。

“所以……是你父亲让你哥来找你？找你回去？”天佑的大眼睛里闪着缕缕担忧。

“天佑！”司辰猛地抬头，紧握天佑的手，说道，“我不会回去的，起码，我不会一个人回去。我一定不会丢下你。我会努力的，我要向父亲证明，我的选择是正确的——选择了音乐，选择了你。不走由他设定的人生，我会更好！”

司辰接着说：“我已经说服了哥哥，他会帮我的。他已经过得不幸福了，他从心底并不希望我和他一样。”

“可是……”天佑仍感到很不安，“我连我自己是谁都不知道，我怕我会拖累你。”

“不会的，只要我们在一起，一定会找到答案的，未来一定会幸福的！”

天佑还想说什么，却被司辰的吻挡住了。一个温暖而坚定的吻，化解了天佑的迟疑，只剩下深深的爱恋和酥酥麻麻的荷尔蒙。

亲昵着，司辰轻轻抚下了天佑的衬衫。此时，天佑左臂上一道深深的疤痕显露了出来，在月光下如同一只恶魔的眼睛，贪婪地窥视着两人的温存。

夜色渐渐深了，今晚的月特别亮。

04

<土黄>

告别观霞镇

“渺小的石子，都比我们的命长。到底有什么才是长久的，才是永恒的呢？”

寒冬终要消逝，春的暖意已经覆盖大地。

司辰下班回到住处，看见罗叔正开心地糊着一个金鱼形状的大花灯。

“司老师，看看咱家这花灯咋样？”

“很漂亮啊，罗叔，您这是要挂哪里呀？”司辰说道。

“挂广场去啊，这是咱镇子的传统，每年要搞新春灯会，家家户户都会做灯，谁的灯糊得最好，点得最亮，新年肯定交好运。哈哈，明晚就开始了，去看看吧，可热闹了！”罗叔乐呵呵地说着。

“好呀，好呀！”司辰欣喜地应了。

第二天傍晚，司辰兴高采烈地拉着天佑来到了小镇的中心广场。

数百年前的节日习俗延续至今，气氛有增无减，小镇的中心广场热闹非凡。各家都把漂亮的彩灯拿了出来，荷花灯、芙蓉灯、绣球灯、秀才灯、孔雀灯……光怪陆离地点亮了整个广场。人们簇拥着，大声说笑着；镇上的锣鼓队奏着不中不洋的奇怪乐曲，远处还有鞭炮、二踢脚燃放着，“噼里啪啦，嘣嘣，哐哐……”各种欢闹，甚至狂躁的声音不停地“轰炸”着耳朵。

司辰拉着天佑在人群中挤来挤去，左看右看，他被这种热闹带入了兴奋中，快乐得像个孩子。然而，此刻的天佑却越发感到不安，各种光线和声音像一根根针不停地刺着她的眼睛和耳朵，她一只手紧紧按着胸口，像是要使劲按住藏在自己身体中那颗“炸弹”

的“引线”。

“司辰，咱们还是回去吧……”天佑拉住了司辰怯怯地说。

“怎么了？”司辰扭过头，一脸迟疑。

就在这时，不远处，一束烟花突然掉落到了一个纸灯笼上，灯笼被点燃，火苗腾地蹿了起来，又燃着了旁边的彩灯，火越烧越大。人们惊叫着向四周散开，有的跑去找灭火器或水桶，而更多的人则远远地围成一个圈，看着中间的火焰，就像围着一堆节日里的篝火。

司辰拉着天佑想要跑开，却发现天佑愣在原地不动，眼睛直勾勾地盯着火焰。

突然，天佑就像发疯了一样，尖叫起来，叫声如同困兽的嘶吼，穿透了周围一切。她的身体猛烈地颤抖，眼睛瞪着火焰，爆出了血丝，十根手指凶狠地在自己身上抓挠，像是要摆脱魔鬼一般，恐怖至极。

所有人都呆呆地看着这一幕，司辰也被惊呆了，待他缓过神来，迅速上前用力抱住了天佑：“天佑、天佑……”司辰不停呼唤着，天佑慢慢安静了下来，昏倒在了司辰的怀里。

火很快被人们扑灭了，司辰抱起天佑冲向了小镇的医院。一番检查后，医生什么结论也没有，丢出一句“可能受了惊吓，多休息”便应付了。看着仍在昏迷中的天佑，回想着刚才那让人心惊的一幕，司辰再也按捺不住心中的焦灼，他叫了辆救护车，奔向了城里的中心医院。

这四五个小时的路，很长，很长，天佑就像吃了毒苹果的白雪公主一般，静静地睡着。

“她有病。”“她会发疯。”……之前那些不被理会的传言，此刻却如同魔咒一般在司辰的脑中不停翻滚，曾经的坚定信念已被亲眼所见的一切动摇。司辰狠狠地掐了自己一下，多希望这只是场噩梦。

在城市中心医院，经过医生详细的检查，司辰听到了一个让他震惊的答案。

“患者的脑中有一块金属残片！”主治医生说。

“从后脑处因外力进入，已经存留了很多年。并且，患者曾经受到过强烈的精神刺激，在类似外因出现时，加之金属片在脑中的影响，就会出现剧痛、幻觉、狂躁等症状。”

医生接着说道：“这块金属片所处的位置很深，手术风险极大，又过了这么多年，想取出几乎是不可能的。但它始终是个隐患，甚至危及生命……唉……多加小心吧，少受刺激！”医生叹了口气，轻轻摇了摇头。

天佑在昏睡了一天一夜后，终于醒来了。除了感到疲倦，她忘记了小镇广场上发生的一切，那段记忆被整整齐齐地切割掉了。

而此刻在司辰的心里，已下定了决心，一定要帮助天佑查明所有真相。他深爱着天佑，而天佑却像谜一样困扰着他。“金属残片”“精神刺激”……她到底是谁，她都经历过什么，那些会刺激到她的事情到底是什么？司辰渴望去揭开一切，想要更好地保护她、爱她，这种炙热的渴望在他心里猛烈燃烧着。

司辰和天佑回到了小镇，天佑再次成了镇上人们嚼舌的对象，人们从以前的窃窃私语也变成了毫无避讳的冷眼和非议。

“她确实是个疯子！”

“她真的有神经病！”

“好可怕呀，当时那模样就像个怪物……”

他们不会因为这是个刚刚失去亲人的孩子或是个一贯善良无害的姑娘而停止讨论，放弃这么刺激的话题。就连学校也让天佑暂时在家休息，不要给学生带来不好的影响。

仙居林阁楼的灯亮了，天佑又躲进了“凡·高”的世界，在这里她不是那个被人议论的“林天佑”，只是一个被色彩包围着的“LYN”。扣子守在大门外，像个卫士一般防范着外面的一切恶意。

司辰回到住处，回想着发生的一切，开始梳理各种信息，他想要解开这些天佑身上的谜题。

“火”——司辰在本子上最先写下了这个字，这应该是刺激天佑发病的一个重要因素；

“金属残片”——这是哪里来的残片？又是什么样的力量，会让这样的残片嵌入天佑的大脑中？

“精神刺激”——天佑一定是经历过什么重大的事故或痛苦的经历。

“啊！”司辰猛然一惊，写下了这两个词——“火灾！爆炸！”

再回想着福利院的那张接收单，“2003年5月，疑有精神问题……”

“一定是这样的！”司辰猛地抬起头，找到了方向，“2003年5月之前的几年内，年幼的天佑一定经历过火灾或者爆炸之类的重大事故！”

正当司辰拿出电脑想要搜索过去的新闻时，又陷入了困境：这个时间跨度太大了，而且发生地点不明确，光是在本市，这类事故就太多了，而且并不是每个事故都会有详细的新闻报道，甚至不会是每一个事故都会有报道，要想发现什么如同大海捞针！尽管如此，司辰还是在电脑前搜寻起各种信息，希望找到蛛丝马迹。

夜深了，疲惫不堪的司辰终于趴在电脑前睡着了。各种杂乱的影像如同迷雾一样搅入司辰的梦境：火光在厚重的雾后忽隐忽现，他手足无措地在雾中踉跄着、摸索着……一阵风吹过，迷雾渐渐散去，眼前清晰地显现出一座熟悉的建筑物——红草莓福利院。一个小女孩正呆呆地站在大门口，她的头上、胳膊上都在滴血，滴到了脚上的小白鞋。小女孩扭过头，眼睛含着泪，正要开口对司辰说什么，却突然被一只黑手狠狠地推进了大门……

司辰惊醒了。此时天已亮。

太阳今天偷了懒，躲在阴沉沉的云后面不出来，让整个观霞镇都显得阴冷而忧郁。

司辰买了早点向仙居林走去，沿途对天佑充满敌意的七言八语又在耳边响起。在这个小镇上，一个姑娘多年来的所有美好都会因她的一次“犯病”而全部破灭，人们记住的只有那些怪异的、可以刺激他们神经的事情，比如“发疯”、比如“自残”……

司辰走到了仙居林前，突然被眼前的景象吓了一跳：天佑正坐在门前哭泣，躺在她怀里的扣子一动不动地耷拉着脑袋，阁楼上那扇“神奇”的窗户被打碎了，碎玻璃碴散落在地上。

司辰连忙走上前，天佑缓缓抬起了头，额头上分明还挂着一道血口子。

“发生了什么？”司辰急切地问道。

“他们……毒死了……扣子。”天佑泣不成声，眼泪一滴一滴地落在了扣子的身上，却再也唤不醒这个忠实的小伙伴。

“他们是谁？”

天佑的眼睛里闪过一道寒光，轻轻摇了摇头。

司辰为天佑处理好了伤口，一起去了镇上的派出所，但从这里得到的结果却让人很失望。

“狗在外面乱跑，经常会自己吃错东西的！”

“玻璃碎了？划伤了？会不会是你又犯病，自己打碎划伤的？”

司辰刚想解释，但天佑似乎早已想到了这样的结果，一声冷笑，什么话也没说，便拉着司辰离开了。

司辰和天佑回到了仙居林，抱起扣子走向山间，把扣子葬在了林家二老墓的前方。一个小小的坟头，像个小卫士一样，继续也将永久地守护在这里。

“扣子，你一直在保护我，而我却没能保护你！对不起！谢谢你！”

一幕幕的回忆淹没了天佑，她已经哭不出来了，她最爱的亲人走了，守护她这么多年的伙伴也走了，曾经有过的美好都已化为心痛，天佑对这个小镇的最后一点眷恋灰飞烟灭。她的眼神逐渐褪去了悲伤，变为了一种决绝的冷漠。

一个人一刻的绝望，就意味着一次死去，生命是被更新还是流放，只在于刹那的选择与决定。

司辰已经看懂了天佑的眼神。“我们离开这里吧！”他对天佑说道。

天佑环顾四周，点了点头，离开正是她此刻的选择！

司辰辞去了老师的工作，虽然这个学校、这些学生、这个镇子留给他了一些美好的回忆，让他度过了一段自由而难忘的生活，但是他并没有把握未来还能回到这里，毕竟他并不属于这里；而天佑到底是不是属于这里，也被画上了问号。

两人又一次来到了湖边，这里是他们开始的地方，也是这个镇子留给他们美好的一面。司辰拿起了琴，天佑支起了画架，色彩与音乐又一次跳跃了起来，只是此刻琴声和笔触中多了几分颤抖与悲凉，不再那样安详惬意。落日再次把湖面点燃了，绚烂的颜色缭乱了他们的眼睛，激起了点点泪光。

“大海比这里美吗？”天佑轻轻地问道。

“大海？”

“是的，大海！我没有见过大海，那里的日落会是什么样子呢？”天佑的心似乎已经跳出了眼前的湖面，跳出了观霞镇，跳向了遥远的地方。

“大海更辽阔，更包容，它能装下一切快乐与悲伤、美好与罪恶，生生不息……”

司辰抚着天佑的手：“未来我们一起去看海，好吗？你一定会画出更美的日落！”

“嗯。”天佑会心地点了下头。

天佑从地下捡起一枚石子，摊在手掌心，向着夕阳的方向伸去，余晖抱住了石子，在上面涂上了一层暖暖的橘红色。只要有光，灰突突的石子也会闪耀出美丽的光芒。

天佑看着这枚小小的石子，自言自语道：“渺小的石子，都比我们的命长。到底有什么才是长久的，才是永恒的呢？”

说着，天佑将石子用力投了出去，她的眼睛看向天边那点余晖。

阁楼的玻璃修好了，仙居林所有的一切保持着瞎婆婆在时的样子，包括那些画营造的一个热烈的“楼上”和素雅的“楼下”。

天佑收拾了简单的行李，把那个改变她命运的木匣子轻轻地放在了其中，又抚摸了下颈间的“向日葵”。

“我一定会找到答案的！”此刻在天佑的心里这个信念无比坚定。

天佑陪着司辰来到租住的小楼。

司辰在门口礼貌地鞠了个躬，跟房东告别：“罗叔，感谢您这段时间对我的关照，我需要离开一段时间去处理些事情。”

“嗯。司老师，等办完事还回来住啊，还有好多事儿要跟你唠唠呢，我准备好酒等着。”罗叔依旧热情地招呼了两句，但马上就没更多的话可说了。人来人往，一个租客的离开对他来说只是一件再平常不过的事情，这种送别并没有什么特别的意义。

正在此时，阿祖从外面回来，猛然撞到了站在一旁的天佑，两人四目相对之时，气氛突然变得奇怪，阿祖的小眼睛使劲眨巴了几下，显得格外紧张，但他什么也没说，匆忙跑上了楼；而天佑紧咬着嘴唇，眼里透出的光，那是愤怒？还是悲伤？

司辰察觉出了不对劲，两个人显然是认识的，发生过什么事情吗？

“罗叔，那个……我想再去跟阿祖道个别。”

“嗯嗯，对对，去吧，帮我再叮嘱下那小子，让他好好学习。”罗叔笑呵呵地转身回了屋。

司辰拉起天佑的手，示意她一起去。天佑愤愤地摇了摇头，显然她并不想再见到那个少年。司辰带着疑惑独自走向了阿祖的房间。

司辰没有敲门，直接推开了阿祖的房门，阿祖见状慌慌张张地喊道：“不是我，真的不是我！”

“什么不是你？你在说什么？”司辰走上前，把阿祖按在了凳子上。

“她没跟你说什么吗？”阿祖哆哆嗦嗦地说道。

“不管她说没说，你老实告诉我，发生了什么？”司辰关上了门，狠狠地按着阿祖的肩膀。

阿祖无奈之下，吞吞吐吐地说出了几年前的那件事：

“青头哥——就是我们经常在一起的那个大哥，他之前看上了那个女的，对，就是林天佑。可是林天佑不理他。有一次，叫我们几个在偏僻的地方围住她，上去就要抱啊亲的……结果呢，那女的不从，给了青头哥一巴掌，青头哥一生气从兜里掏出小刀就划了过去……所以……”

“所以……”司辰马上想起了什么，“天佑胳膊上的那个伤疤是从这儿来的？”司辰气愤地问。

“嗯，我只是在旁边看着，可什么都没干啊！”阿祖急忙给自己辩解。

“因为镇子上传言林天佑有病，所以，青头哥就让我们在镇子上传，那伤是林天佑发病自己挖的，说她这个人会发疯。”

“还有呢？”

“还有……还有前几天，那个窗户，那只狗……”

“也是你们干的？！”

“是他，是青头哥，不是我！不是我！”阿祖连忙说道，“反正镇子上的人都知道林天佑是神经病，那打个玻璃，杀只狗也没啥稀奇的。”

司辰狠咬着牙，握紧的拳头几乎就要挥了出去。

“司老师，因为平时你对我挺好的，所以我才告诉你的，你可千万别说出去，要不我就麻烦了。我也觉得青头哥有点儿过分，但他家在镇上有钱有势，我们惹不起。我会离他远点儿的。”阿祖此刻带着恳求的语气。

司辰长叹了一口气，慢慢松开了拳头：“按你所说的，离他远点！你爸还等着你光宗耀祖呢，学点儿好，别让他失望！”

司辰愤愤地走出了大门，天佑正坐在角落等他。

“青头是谁？原来你受过这么多委屈，为什么不去……”

“不去争辩？不去惩罚他？”天佑把话接了过去，“争辩有用吗？我如何惩罚他？你也看到了，这个镇子上的人有谁在意真相？有谁在意关于我的真相？”天佑的嘴唇颤抖，眼睛泛红，透着气愤和无奈。

“我去找他！”司辰撸起了袖子。

天佑拽住了他的胳膊，摇了摇头：“他不值得我们再浪费时间。”

小混混的伤害、周遭人的非议……这么多年，天佑早已看惯这一切。现在，那扇关于身世的无法开启的大门更让她痛苦不堪，一扇锈迹斑驳的门，一扇渗着血水的门，一扇充满迷惑的门……她不顾一切地想去打开它……

司辰叹了口气，拉起天佑的手。

“走吧，我们离开这里！”

05

<赭>

车祸

“喂！那个女孩儿找回来了，在查她的身世……是的……就是她！祖小云！”

还是那辆长途车，往返观霞镇与重庆市区之间，路程并不算太遥远，但对天佑来讲，感觉要换一个世界。时间、距离这些仅仅是物理的改变，更重要的是天佑的生命像是进入了一个轮回，在观霞镇的一世完结，她要回到最初的一世，续写那个故事。可以告别过去，却无法预设未来，因为命运更喜欢发挥自己的能力，让你不得不追随它，听命于它。

司辰带着天佑又来到了红草莓福利院的门前。

还要找什么，从哪里找，其实一点眉目都没有，仅仅是因为司辰那晚的一场梦，那场太过清晰、太过诡异的梦，把他们引到了这里。

此时已近黄昏，棕红色大铁门依旧紧闭着，矮墙圈住的那个小小的“城”里已不再喧闹，仿佛被即将拉下的夜幕按下了消音键。司辰和天佑没有进去，而是坐在了不远处的一条小路边，默默地望着福利院的大门和拱形架子上的那颗“烂草莓”。

“你还能记起什么吗？”司辰轻轻地问天佑。

天佑摇了摇头，无论她怎么努力，现在的脑子就像一个密封的罐子找不到缝隙。

他们就这样默默地坐了很久，直到天已黑透，两盏昏黄的灯在铁门两侧的石柱顶端亮起，如同怪物的眼睛一样发着瘆人的光。

“咱们走吧，先去找个旅店住下再说。”司辰站起了身，正要去扶天佑，突然，“嘎啦啦”，福利院的大铁门开了，一个男人从里面走了出来。他个子不高，微胖，穿着一身肥大的黑西服。借着昏黄的灯光，大致可以看清他的面容，五十来岁的模样，油头、国字脸、稀疏的山羊胡，一副黑框眼镜架在并不高的鼻梁上，脖子上一颗大大的黑痣非常显眼。

天佑猛地站起身，死死地盯着这个人。

男人并没有发现站在小路边的他们，转身沿着围墙，一步步消失在了黑暗中。

“我见过他！”天佑说道。

“他是谁？”司辰问。

“我……不清楚。”此刻，天佑的记忆是混乱的、缺失的。

司辰赶紧跑上前，在门卫大爷即将关上大门的一刻，撑住了门。

“干什么的？”老大爷吼了一嗓。

“大爷，是我，前段时间来过，我想打听一下，刚刚离开的那个人是谁？”

“刚刚？院长呀！”

“他叫什么？”

“章石草！章院长！”

“嘭”！大门被关上了。

入住了旅店，天佑早早睡去了，因为每次挖掘遥远的记忆都会让她感觉头痛又疲惫。司辰心疼地为天佑盖了盖被子，自己却毫无睡意，他拿出了电脑开始搜寻信息。

其实作为一个福利院的院长不该算什么“红人”，但章石草不是一个默默无闻的院长：某某行业协会委员、某某机构名誉主席、市级社会贡献获奖者、某某爱心大使……这些名头都挂在他身上，更重要的是，他还是两家实业公司的董事长。显然，各种新闻报道中展现的章石草是一位成就卓然的“成功人士”，福利院仅是他的一个副业而已，甚至都不值一提。

司辰翻找到一份很老的履历，显示章石草在1999年就以一名教师的身份到了红草莓福利院，也就是说天佑在福利院期间，章石草是那里的教师，天佑说见过他是很正常的。

司辰继续查找着，一则久远的报道无意间被翻出，让司辰一下警觉起来：

2003年6月，当地发生了一起因酒后驾车引发的交通事故，章石草正是这起事故中受害者的丈夫，在报道所附照片中的，章石草正蹲坐在事故现场、沉浸在丧妻的痛苦中。而这个不幸被撞死的人名叫——“祖玉梅”，这不正是天佑接收单上老师的名字吗？！

司辰的心里咯噔一下——原来祖老师是因为这起事故去世的！

一连几天，天佑和司辰都来到福利院找章石草，因为他们认为章院长必然知道当年的一些事情。当然，要见院长不是那么容易的，他们首先还是要过门卫大爷这一关。这几天，大爷都以“章院长不在”为由直接拒绝了他们。

直到有一天，门卫大爷终于磨不过他们，改了口风：“今天章院长是来了，但他是不会见你们的。即便当年他是这里的老师，但那么多孩子、这么多年了，能记住什么才怪呢！常有一些寻亲找线索的人，他都不见的，你们只是在浪费时间！”

“求求您，让我们去见面聊几句吧，万一他想起什么呢，万一呢！”天佑和司辰不想放弃任何机会，坚持着。

“唉，好吧，我去通报一声，不过，你们最好别抱啥希望。你叫啥？”

“林天佑。哦，不！祖小云！”

大爷点了下头，转身走了进去。

片刻之后，福利院的大门“嘎啦啦”地打开了。

“进来吧，章院长居然愿意见你们！”门卫大爷带着一副不可思议的表情，把天佑和司辰迎了进来。

天佑和司辰跟着大爷走进了院长的办公室。这间办公室位于院里一幢独立的二层小楼里，一层隔了很多间教师办公室，而整个二层都归这位院长。通透敞亮的房间很是气派，内设布置非常奢华，金箔墙纸、皮质沙发、名牌桌柜，随处是高档的装饰品……这哪是间福利院里的办公室，分明是个大老板的会客厅！房间的一侧还设了一个供桌，但上面供奉的并非财神或关公，而是一尊钟馗像，豹头环眼，铁面髯须，很是凶悍。

此时的章石草正歪坐在正中一张黄花梨的老板桌后，直盯着两个年轻人走了进来。

章石草突然站起身，用手扶了一下黑框眼镜，走上前一边打量着天佑，一边疑惑地问道：“你……就是当年的祖小云？”

“嗯。我的收养公证书上写的是这个名字。”天佑说，“您能记起关于我的什么事情吗？”

章石草还在盯着天佑看，突然愣了一下，连忙回复：“哦，不，不，时间太久了，而且孩子那么多，我可记不得……”他嘴上这样说着，不停揉搓的双手和打转的眼珠却暴露了他的紧张。

章石草又试探地问天佑：“小时候的事，你什么都想不起来了，是吗？”

天佑点了点头。

章石草不放心，又追问：“真的，什么……都想不起来了？”

天佑再次点了点头。

章石草似乎舒了一口气，他让天佑和司辰坐下，淡淡地说：“也是，来这里的时候都是小不点儿孩子，能记得什么。”

章石草点起了一根烟，抄起了一股“领导”的腔调说道：“其实嘛，像你们这样找过来的人我真的见多了。我很理解你们的心情，人就是有好奇心嘛，尤其是关于身世，都想弄明白自己到底是谁的孩子，从哪儿来的。但是，我这里真没什么信息可以提供的。我劝你们也不要这么执着，毕竟无论什么身世那都是过去了，找那些有啥用呢，也许亲生爸妈早病死了，或许他们真的穷得养不起你，又或许你就是个私生子，当年是故意扔了你这个累赘的……唉，总之呢，年轻人，别去扒拉那些没意义的过去，只会浪费时间，自寻烦恼，把握未来才是你们要做的。”

章石草磕了下烟灰，又扫了一眼天佑，接着说道：“你看啊，你现在都长大成人了，身体健康，没老人拖累才是幸福呢，好好过自己的小日子呗。路在前方，别回头，往前看，往前看……”章石草端着“场面上”的架势，把手伸向视线的远方，他脖子上的黑痣就像只苍蝇，即将飞起。

天佑没有理会章石草装腔作势的推诿，问道：“我想知道，当年接收我时，有没有什么字条或信件之类的留下？”

“像你这样被丢在福利院门口的孩子，人家既然要丢了你，干吗还要留信息等你找！”

“您知道我是被丢在大门口的，您记起我了？”

“哦，没，没，我猜的，很多孩子都是扔到大门口的。”章石草连忙解释。

司辰毫不客气地用一句话打断了他："那请跟我们说一下祖玉梅吧！"

章石草一惊，连忙背过了身，躲避天佑和司辰的眼睛。他压低了声音说道："你们提她干什么？"

"因为她是发现并接收我的老师，她一定知道更多。"天佑回答。

司辰接着补充："她是您曾经的妻子！她会不会跟您提到过什么……"

章石草沉默了很久，缓缓说了一句："她早就死了！"然后慢慢转过了身，低下了头。

"嗯，对不起，我知道她死于一场事故，那是您的伤心事……"

"那还提她！"章石草突然变得气急败坏，凶狠地瞪着天佑，"你们走吧！关于你的身世我无可奉告，我什么都不知道，你们走！走！"此时他的神情让人捉摸不透，不仅是生气或伤心这么简单，更像是在压制自己的紧张，他的双手又不停地揉搓了起来。

司辰和天佑几乎是被推搡着出了门，无奈地离开了。

章石草匆忙把房门关上，慌慌张张地拨通了一个电话："喂！那个女孩儿找回来了，在查她的身世……是的……就是她！祖小云！"

"他为什么那样看我？"天佑皱着眉。

"怎样？"

"我说不清，但感觉好像我跟他有仇似的……"天佑琢磨着刚才章石草的表情，心里感觉很不安。虽然她记不起当年在福利院发生的事情，但这个人的一举一动都强烈刺激着她的神经。

回到了旅店，司辰又翻出了当年祖玉梅出事的那一篇报道，直觉告诉他们这场事故的背后一定隐藏着什么。

天佑仔细地看着报道中的照片：一辆黑色小轿车的前盖和挡风玻璃已经破碎，上面还有血迹，不远处，章石草正蹲坐在地上，怀抱着倒在地上的死者痛哭，虽然死者伤口和血迹部分已被模糊处理，但是仍能感受到当时事故的惨烈。照片边缘还有几个围观者的身影。

天佑盯着照片看了很久，“啊！这个场景……”她突然惊了一下，随着阵阵头痛，记忆深处一些支离破碎的画面被激荡了出来，而这些画面竟与照片中的场景重叠在一起。天佑无法分辨自己脑中闪现的画面，究竟是幻觉还是真实的记忆！

“怎么回事？难道……我当时也在现场？”

“你在现场？”司辰不解地盯着照片，仔细地看。这时他在照片角落发现了一双脚，是的，那是一双孩子的脚，穿着白色的帆布鞋，而身体则被几个围观的人遮挡住了。

“那个时候你还很小，如果你在现场，”司辰指着照片中的小白鞋，看向天佑，“这个……”

“我……我不敢确定，我……我想不起来了。”天佑痛苦地用手抵住了头。

司辰为天佑披了一件衣服，轻轻地握住她的手：“天佑，放松。我们是要找寻真相，但如果这个过程会让你感到痛苦，那我们就放弃好吗？我只想让你过轻松快乐的生活，无论你曾经是谁，现在你就是我的女朋友，未来就是我的妻子。其他都不重要，我也都不在乎！”

“可是……我在乎！”天佑慢慢抬起头，眼睛像是深邃夜空中的明星，坚毅又炙热。

天佑没再多说任何话，但这样的眼神已经让司辰深深感受到，天佑心中那团倔强的火焰正在燃烧，它可以不顾身体的消耗，不顾脑中残片带来的痛苦，如同信仰般坚定，不可阻拦。

司辰轻轻点了点头：“我陪着你！”是的，他懂她了。

这天夜里，天佑做了一个可怕的梦：伴随着发动机的轰鸣声，一个黑色钢铁怪兽正向她冲过来！突然，有一只手猛烈地推搡，让天佑跌坐在了地上，她呆呆地坐在那儿，颤抖着，颤抖着……

她看到了……血迹……是的，是血迹！好大一摊鲜红浓稠的血从不远处渐渐蔓延到一双小白鞋旁，如同恶魔一般要吞噬它，天佑低下头，这双鞋正穿在自己脚上……

“啊！”天佑惊醒了，此刻的她感到头痛欲裂，眼角莫名流下了眼泪。

“做噩梦了？”司辰轻轻安抚着天佑，帮她擦拭了泪痕。

这些究竟是梦还是记忆的碎片，天佑已经无法分辨，她只知道，在她脑中封闭的那扇门正在慢慢地被推开，一些藏在后面的东西在挣扎、在吼叫，拼命地想挤出来。

司辰起身为天佑缓缓拉起了提琴，舒缓的琴声就像一支镇静剂，让天佑的心慢慢沉静下来。

“天佑，好些了吗？”

“以后，你要是被噩梦打扰，我就给你拉琴，赶走噩梦，好吗？”

“嗯……”天佑轻轻地点了点头，依偎在司辰身旁。

窗外的一阵鸟鸣唤醒了清晨，薄雾渐渐散去，天亮了。

司辰伸了个懒腰，突然眼睛一亮，兴奋地说：“我知道该去哪里找了！”

司辰找到了当时报道新闻的报社。只是当年的记者编辑们早已离开了大半，想找到那个人还真要费不少力气。

终于，两天后，司辰和天佑来到了一座居民楼前。今天，他们要约见的正是当年写下那篇事故报道并拍下照片的记者——吴大为。

“您好，您是吴老师吧？”司辰敲响了门，一名肤色黝黑、目光犀利的中年人打开了房门，把他们迎了进来。

司辰和天佑认真地说明了来意。

眼前这位老记者对他们的到来感到很不理解：“你们费这么大劲儿找到我，就是要去翻找一件十七年前的事？即便证明了你当年确实在现场，又能咋样？走在路上偶然看到了一场交通事故，这并不是件很离奇的事吧。”

“吴老师，这件事可能没那么简单，还是希望您能帮忙提供一些信息。麻烦您了。”天佑相信自己的直觉，坚持着。

“唉，我这哪儿记得起来啊，这么久远了……”吴记者琢磨了一下，站起身，“我去翻翻原来的资料吧。”

许久之后，吴记者拿着个纸袋子来到了客厅。“幸亏这么多年我一直有资料存档的习惯。我找到了点儿东西，这些就是当天拍下的照片，对你们有没有用，你们自己看吧。”

纸袋里有好多张照片，除了新闻里用的那张，其他照片都没做后期处理，事故现场血淋淋的画面直接冲击到天佑和司辰眼前。

他们仔细看着，从其中的一张照片里，他们找到了答案——躺在血泊中的祖玉梅眼睛微张地看向一个地方，顺着视线，一个黄衣小女孩正呆呆地站在路边，眼里充满了惊恐，而她脚下穿的正是那双小白鞋。照片中的小女孩虽然只有侧脸，但从样貌上可以分辨得出，这正是年幼时的天佑！

吴记者拿起了照片："嗯，这个小女孩还真像是你。"

天佑看着这张照片，越发感到紧张，她焦急地问道："您再想想当时的情况好吗？"

吴记者琢磨了一下，说道："看到这些照片，倒让我想起一些事……"

他使劲回忆着："那天，我正巧在附近，所以很快就赶到了现场。刚到的时候，这个女人还没咽气，但没坚持多久就不行了，眼看着一个人从垂死挣扎到一动不动在你面前咽气，这种感受确实让人记忆深刻。记得当时采访目击者，说这个女人是为了救一个小孩儿才出事的，把小孩儿推开了，自己却被撞了。"

吴记者顿了一下，满脸疑惑地转向天佑："难不成，你就是当时被救的那个小孩儿？"

天佑心里一惊，没做回答，低下了头，此时，昨晚梦境中的那几个画面又出现在她脑中，似乎印证了吴记者的猜测。

"那您还记得这起事故肇事者是谁吗？"司辰问道。

"这个可是真想不起来了。但这个家伙一定喝了很多酒，否则怎么直接冲上人行道，还一脚刹车都没踩。唉，酒后驾车害死人，这样的混蛋肯定没有好结果！"

"没踩刹车？"

“是的，照直冲过来的，否则怎么那么狠！”

“那这个人呢？”司辰指着另外一张照片中，正跪地痛哭的章石草。

吴记者看了一下照片，又看了一下当时的那篇简短报道：“对，这个人是死者的丈夫，章石草，当时还是附近一个福利院的老师。唉，年纪轻轻就死了老婆，挺可怜的。不过……”

吴记者口气一变：“他还真是否极泰来，据说此后不久就中了彩票一下子发达了，逐渐成了这里有钱又有名的大人物。后面我也采访过他一两次，但都是歌功颂德官面上的事了。”

司辰起初查到的章石草的那些“头衔”，在这里找到了缘由。

“出事时，他在现场？”

“不知道，反正我赶到的时候，他已经在那儿了，肯定也不远呗。”

“嗯，其他的呢，关于这场事故，您还能想起什么来吗？”司辰还希望得到更多的线索，继续追问着。

吴记者摇了摇头：“没了，想不起来了。就是场可怕的意外呀，没什么更多的了。”

天佑一直安静地听着，她琢磨了一下，抬起头，说道：“我想去当时的现场看一看！”

告别了吴记者，天佑和司辰直接奔向了当年的事发地。那是距离红草莓福利院三四公里的地方，并不算热闹，建筑物少，车少，行人也很少，简简单单的一条双向水泥路，反射着惨白的光。路边人行道早已坑坑洼洼，边界不清了。

“当年这里有什么？祖老师为什么带你离开福利院，来到这里？”司辰总感觉事情有些蹊跷。

天佑仔细看着周围，那天梦里的画面反复在出现——祖老师推开了自己，她却被撞倒，可此之前，那辆车撞来之前发生了什么？她们为什么会大老远来到这里？

天佑站在路边，太阳晒着她的脸。她闭上眼睛，努力翻找着当年的记忆，一幅幅画面终于从最深处被唤醒：

福利院里，漆黑的楼道尽头有一扇半掩的门，年幼的天佑听到门里面章石草对祖玉梅说：“你只需要把她带到那里，别的什么都不用管，会有人去接她，她会过上好日子的。”

祖玉梅半信半疑地看着章石草：“为什么不来院里接她？”

章石草刚要说什么，就发现了躲在门口的天佑，一个恶狠狠的眼神投了过来，天佑吓得跑掉了。

这天一早，祖老师领着天佑走了好久，来到了这个路段，站在路边的人行道，祖老师看了下表，低身对她说：“小云，一会儿你的叔叔就会来接你，你就这里等着好吗？”

她乖乖地点了点头。

祖老师刚刚转身要离开，就在这时，从不远的桥洞中冲出了一辆黑色轿车……

“啊！”天佑终于记起了当年的那一幕，散落的回忆连成了串。但是现在，天佑环顾周围，完全看不到任何桥洞的影子。

“是自己的记忆出现了偏差吗？”

他们四处打听，从住在附近的一位老者那里得到了答案：“很久以前这里是有座桥，是铁路桥，后来这条铁路废掉了，桥也就拆了。”看来天佑的这段记忆没有错。

天佑和司辰梳理着线索，心中有了更多的猜疑：当年，天佑是被章石草故意安排来到这里的，如果当天真是约了天佑的叔叔，为什么这个人自始至终没有出现过？而章石草却在附近，事发后突然出现……

关键是那辆黑色的轿车……这里如此空旷，那个司机真的酒醉到毫无判断力吗？会不会是有准备地躲在桥洞中，等着她们的到来？

如果说这一切真的都是有意安排的话……会怎样？

如果当时没有祖老师舍己相救的话，那这场“意外”的真实目标就是——天佑！当年的祖小云！

冒出这些想法，让天佑和司辰感觉不寒而栗。这些推测有可能是真的吗？谁会想害一个福利院的孩子？这会跟天佑的真实身份有关吗？或者……仅仅是他们想多了？

“天佑，要想弄清原委，我们还应该去一个地方！”司辰说。

第二天一早，司辰和天佑找到了事发地附近的交通执法大队。

这里人真多，排了许久的队，终于到了他们。司辰拉着天佑走上前，开门见山地说道：“您好。我们想查一下2003年6月，在附近发生的一起交通肇事死亡事故的案卷资料。”

“啥？”对于这样奇怪的要求，工作人员看司辰的眼神都是怪异的，嫌弃的。

司辰又大声强调了一遍：“我们想查一下2003年6月，在附近发生的一起交通肇事死亡事故的案卷资料！”

工作人员连忙摇头。声音惊动了后面办公室的一位老干事，他走上前，把司辰和天佑带到了一旁的角落。

老干事笑呵呵地对他们说：“我在这里工作了这么多年，像你们这样的需求我还是第一次听到。说说吧，啥情况？”

“这要从哪儿说起呢？”司辰和天佑的心里也打起了鼓。

天佑捋了下头发，慢慢把报道中的那场车祸讲了出来：“……那时的事情我什么都不记得了，但祖老师很可能是因为保护我而死，作为当事人，我必须知道真相！”

几经交涉，老干事终于去查阅了资料，给他们透露了一点信息：“案宗你们是不能查看的，但你们可以去找一个人问问——当年处理这场事故的交警名叫孙维，现在已经到市局做了一名干部。”

“好的，谢谢！”

司辰和天佑一刻不停，又辗转到了市局，一路打听着终于见到了孙维。

这位老交警个子不高，脸上已显出了岁月的沧桑感，川字纹深深地刻在两眉之间，但炯炯有神的眼睛里却透着睿智和一股精气神儿。

在他朴素的办公室里，一幅书法作品非常显眼地挂在墙上，上面只有两个字——“良知”。

说明了来意，司辰直接把问题抛了出来：“孙警官，我们想知道当年那场事故的细节，您还记得吗？那当真是一场单纯的酒后驾车吗？”

“你为什么会这样问？”孙警官的脸一下子沉了下来。他顿了一下，走到了门口，轻轻关上了办公室的门。

“这起案件我记忆深刻呀！”孙警官发了句感慨，紧锁着眉头，严肃地说道，“当年的我和现在的你们有着同样的怀疑！里面有问题！”

司辰和天佑一下子紧张了起来：“什么问题？”

孙警官从身后的资料柜中找出一个发黄的笔记本，他翻看了一下，又看了眼天佑，说道：“好吧。既然你是当事人，那我就跟你说说情况。当年，我们在检查车辆时发现，事发时这辆车并不是从很远处持续开过来，而是从不远的地方以很快的加速度直接变道冲过来的！”

孙警官接着说道：“还有，当时是上午，很少有大白天就把自己喝多的人。其实，肇事者是事发前刚刚灌了几大口白酒，酒劲上来没那么快的！显然他是为了制造酒后驾车的表象而喝的酒，并非真的处于醉酒状态。所以……”他停顿了一下，“这场事故更像是有意为之！”

“啊？”孙警官的话对应上了天佑和司辰的猜测，气氛一下紧张了起来。

天佑急迫地问道：“请问，当年有怀疑，继续追查了吗？”

孙警官叹了口气，低下了头：“当时的情况已经没法再去追查什么了……”

“为什么？”

“那个肇事者是位癌症晚期的患者，加上这件事的刺激，他的病情迅速恶化，一个多月人就没了。”孙警官摇了摇头，接着说道，“这也是让我这么多年耿耿于怀的一件事。希望经手的所有案件都清清楚楚，但最后那段时间，嫌疑人的状况真的审讯不出什么了。”孙警官的眼睛低垂了下来，“至于……结果，他也算是得到了报应吧。”

“那这个人是什么背景？跟福利院有关系吗？跟死者有关系吗？”天佑连连问道。

“我们查过，没什么关系，就是生活在市井中的一个普通人，因为生病把家里耗得很穷，老婆身体也不好，还有两个小孩子要养，其实也挺可怜。”

孙警官合上了笔记本，手攥着拳轻轻在桌上敲了两下，叹了口气，说道：“所以，这个案件的犯罪动机被我们推断为其生活无望，厌世泄愤。对外仍旧保持着醉酒驾车的口径，没再深究下去了……”

孙警官点了一根烟，深深地吸了一口，看得出来，他的眼中藏着深深的遗憾和无奈。一缕烟圈从他口中轻轻向上飘，散向了墙上的“良知”二字。

06

<紫洋红>

身世疑云

“根据我的推测，这名幸存的小女孩很有可能就是你——林天佑！”

暮色降临，司辰和天佑来到了长江边。

身后绚烂的灯火映在宽阔的江面上，绘制成了一幅美丽的油画。黝黑的底色上五颜六色的油彩涂抹成一个个斑驳的色块，风吹过，色块肆意地晕染开来，延伸着，跳跃着，像一座魔幻的城。远处，在灯光照不到的地方，江水则呈现出一种浓重的黑，黑得见不到底，黑得神秘莫测，黑得让人感到恐惧。

“天佑，会不会是我们想多了？”司辰轻声说，“也许当年那个肇事者真的只是生活无望，随机地选择了路边的一个孩子做‘陪葬’？而很不巧，那个孩子就是你……”

天佑低着头望着江面，江风带着水汽吹拂着她的脸，让她感觉非常清醒。

“真的只是我们想多了吗？”天佑的口气带着怀疑，冥冥中的她总被强烈的不安所控制，这种不安感就如同眼前深黑的江底，源于藏了无数的秘密。

现在，她不敢说有多恨那名肇事者，毕竟那个人也有可怜之处，但祖老师因为保护自己而死这件事还是在天佑心里留了太大的触动。儿时的她已将那段记忆封存。但现在，那些血红色的画面又不停地出现在眼前，与残存在脑中的那团火一同猛烈地灼烧着她。

天佑缓缓抬起头：“今天几号？”

“6月2号，怎么了？”

“你还记得那场事故的日期吗？”

“6月3日！”

江风吹过，吹乱了天佑的头发。

这是离红草莓福利院最近的一座墓园，面积很大，从一座矮山的脚下，一直延到半山坡上。墓园静穆阴冷，墨绿色的松柏是这里唯一的装点，一座座白色的石碑下，一个个沉睡的灵魂被永久封存。走入其间，此刻的生与死，仅是隔着一层土的距离。世间的尘杂与烦扰，都被这里的气息过滤掉了，仅存清澈与安宁。

祖玉梅老师就长眠于此。

鸟鸣穿透晨雾，唤醒了每一颗跳动的心脏，却未唤醒阳光，今天天是阴沉的。

司辰和天佑手捧着一束素雅的鲜花，来到了墓园。“丁区五排14号”——他们在接待处查找到了位置，慢慢地寻向那里。

天佑每迈一步，都感觉极为沉重，隐隐的痛楚就像是有人在慢慢撕开她的伤口。她不自觉地拉紧了司辰的手，那是给予她勇气的手，无论面对什么，她有他的陪伴。司辰感觉出了天佑的迟疑，他握紧她的手，还给了她一个温暖的眼神。不知从什么时候开始，两人之间不再需要太多话语的解释，手心的温度，眼神的交流，就够。

两人慢慢向墓园深处走去，远远地，看到一个人正站在他们要寻的那座墓碑前。是章石草！

天佑和司辰顿了一下，并未停下脚步，他们慢慢走上前。

“爱妻祖玉梅之墓”——虽然已过了很多年，碑上的文字依旧清晰而深刻，每一笔都像是刻骨铭心的印记。石碑被擦得很亮，墓的周围也干净得连杂草和一片落叶都没有，一大束鲜花安静地摆在石碑前，朵朵比手掌还大的百合散发出淡淡的清香。

章石草正在默念着什么，看到天佑和司辰，吃了一惊："你们怎么来这儿了？！"

天佑没有回答，俯下了身，把手里的花束轻轻地摆在那束花旁边，深深地鞠了个躬。

望着墓碑，天佑用低沉的声音问道："她的死……跟我有关，是吗？"

听到这话，章石草变得很紧张："什么跟你有关？"

"她是为了救我才……"

章石草突然凶狠地瞪了眼天佑，又马上避开眼神低下了头。他叹了口气，淡淡地说："那只是场意外！"

"意外？"天佑的眼神突然像刀一样直戳向章石草，"当年，那个地方，不是你让她带我去的吗？"

章石草吓了一跳，近乎咆哮地说道："我不知道你在说什么！今天是她的忌日，你们想来祭拜我不拦着。但不要在这里胡说八道！不敬！不敬！哼！"

短短几句话在如此安静的墓园里显得格外刺耳，似乎要将沉睡的灵魂吵醒。

话一说完，章石草用手狠狠地捂在嘴上，迅速转过身，头也不回地大步离开，很快便消失在了一排排白色的墓碑之间。

司辰叹了口气："我想，我们从他那里是得不到什么答案的……"

"起码，他心里是惦念她的！"天佑看着墓碑前的百合花束，缓缓说道。

再看向墓碑："一九七四年五月十九日——二〇〇三年六月三日"，上面清晰地印刻着花龄凋谢的时间。

年仅二十九岁！

"祖老师，您究竟是个怎样的人呢？当年到底都发生了些什么呢？我……我值得您这样舍己相救吗？"这样一个年轻的生命，因为自己戛然而止，消失在最美的年华。虽然天佑也是受害者，但她心里充满了痛苦和自责。天佑握紧了拳头，使劲翻找着记忆深处祖老师的音容笑貌，想要把她记清晰，记得更清晰，就如同她并未走远。那个想要查明真相的种子在天佑的心里越种越深。

"无论如何……谢谢您……对不起！"

天佑深深鞠了一躬，一滴眼泪从脸颊缓缓滑下。耳畔传来几声悠悠的鸟鸣，抬起头，太阳从云缝中挤出一道亮光，天晴了。

司辰和天佑缓步走出墓园，接下来该往哪里找呢？纵有众多疑点压在心中，但以他们目前的处境和能力，一时间也没了方向。

这些天来的奔波与探寻，让他们忘记去看这座城市的风景、品这座山城的味道，唯有被无尽的阴霾与潮湿包裹着，压抑着。此刻，难得透出的一缕阳光，像是一针镇静剂，带着暖意和安慰涌过身体，也让他们抬起了头，终于留意到了周围的草草木木、人来人往。

走在街道上，脚下的路起起伏伏，蜿蜒向前，棒棒军三五成群在路旁等着生意，门市小摊悠悠传来带着麻辣的香气，摩托车从身边嘟嘟地开过，孩子叽叽喳喳地笑着叫着，几位大妈坐在路边悠闲地聊着家长里短……市井的生机与刚才墓园的死寂形成了鲜明的对比。

看着眼前的情景，天佑不自觉地嘟囔了一句："如果祖老师还活着，她现在会过着什么样的生活呢？"她的眼睛被忧伤充盈着，失去了光彩。

"那不是你的错！"司辰心疼地看着天佑，真切理解她的感受，并努力地找寻着能让她走出来的法子。

突然，司辰兴奋地说道："对了，你当年上大学就是在重庆吧？你能带我去看看你的学校吗？"

听到这个，天佑的嘴角微微上扬，终于露出了一丝微笑，嗯了一声。

查了下路线，正要出发，就在这时，"铃……铃，"司辰的电话响了，是司宇打来的。

"……好的，哥，我们这就过去！"

挂掉电话，司辰转头对天佑说："天佑，我哥现在就在重庆，他想跟咱们见一面。"

"咱们？也见我吗？"天佑感觉有些不安。

司辰轻轻一笑："是的，一起！放心吧，有我呢，而且我觉得他是想要帮咱们。只是……"司辰稍显遗憾地继续说道，"只是，去看你学校的计划恐怕要延后了，可以吗？"

天佑乖巧地点了点头。

司辰和天佑来到了司宇约定的地点——"净阑阁"。这是一座隐蔽在公园深处的私家茶楼，风格古朴，简约雅致，高高密密的竹林环在四周，把这幢小楼遮挡得严严实实，更显其深幽、清冷。

当他们走进包间，司宇已经等候在那里了，旁边还坐着一个陌生的男人。这个男人约莫四十岁，一身黑色休闲西服很是利落地套在偏瘦的身形上，脸上的颧骨高高凸起，面容冷漠，深邃的双眼正斜瞥着他们，让人有一种不可一世的感觉。

“你们来了，坐吧。”司宇招呼着两人坐下。

“哥，这是天佑，林天佑，我女朋友！”司辰郑重其事地介绍道。

天佑对司宇礼貌地鞠了个躬。司宇的嘴轻轻一咧，似笑非笑地点了下头：“我们见过。”然后便将头转向司辰，说道：“司辰，你们来这里做什么？不在小县城里猫着了？”

“哥，我跟你说过的，天佑的身世是个谜，我们想来这里找找线索，万一能找到她的亲生父母……”

“需要帮助吗？”司宇打断了司辰的话，很显然他早就知道他们的来意。还没等司辰回复，司宇接着说道：“我给你们介绍一个人。”

他把目光投向了旁边那个黑衣男人：“他叫孙瞳，是我多年的好友，以前做过调查记者，现在自己单干。他本事很大，也许能给你们一些帮助。”

“太好了！”司辰高兴地说，“哥，您愿意帮我们？！”

“呵呵”，司宇不屑地一笑：“虽然你从小就任性，爱惹麻烦，但你是毕竟是我弟，我还能不帮你？”

“嗯嗯。”司辰嘿嘿笑着，把头转向了孙瞳：“孙哥，以后还有劳您了！”

孙瞳轻轻地点了点头，问道：“你们现在有什么线索？”

“红草莓福利院！”司辰脱口而出，“天佑小时候被送到了那里。”司辰把手机里翻拍的那张福利院的接收单展示给了他。

“好，我从这里查起。”

“谢谢孙哥！”

接着，司辰把他们目前知道的线索一五一十地讲给了孙瞳，还有对于章石草及那场车祸的怀疑全盘托出。司宇在一旁默默地听着，表情越发凝重起来。

“……孙哥，大致就这些了。我们的线索到这里就断掉了。接下来还没想好去哪儿找……”

“好的，知道了。”孙瞳自始至终都保持着一种十分冷峻的态度，脸上连一个多余的表情都没有，再配上他那身黑衣，感觉就像一尊泥塑的门神，无法接近。

末了，孙瞳胸有成竹地吐出一句：“等我消息吧。”对话到此戛然而止。司辰略显尴尬地坐在那儿：“好，好，谢谢。”

“嗯嗯。”司宇清了下嗓子，把话接了过去，向司辰问道：“你钱够用吗？”

还没等司辰回答，司宇就从钱夹里取出了一张银行卡放在了他面前：“密码是你生日！”

司辰倔强地一扭头：“哥，我不要，我有钱！”

“就你当乡村教师那点儿破工资？攒了几块钱？”司宇轻蔑地哼了一声，“你能撑这么久已经可以了。不用逞强，你现在不是还有重要的事情要做吗？拿着吧，我给的，父亲不知道！”

司辰看了眼天佑，犹豫着，最终还是收下了银行卡。是啊，现在已不是一个富家少爷跑出来体验生活的阶段了，在现实和使命面前，他那点儿好胜心已不那么重要。

司宇用深沉的语调叮嘱司辰：“我明天就回去了。后面你一定要多加小心！”

“哥，能有啥事儿啊，我又不是小孩儿了，放心吧！”司辰满不在乎地应付了一句。

而司宇此刻却五味杂陈，欲言又止。他表情凝重地看着司辰，如同他的弟弟就要去奔赴战场一般不舍又无可奈何。

告别了司宇和孙瞳，司辰和天佑回到了住处。

“他们为什么要帮我们？”天佑对今天遇到的这两个凶巴巴的男人总感觉心里有些不踏实。

“因为司宇是我哥呀！亲哥哥！”司辰呵呵地笑着，“放心吧，天佑，虽然我哥看上去冷冰冰的，但人非常好。他总是在维护我，是我最信任的人。他帮忙安排的准没错！”司辰说到这里，眼睛像是在放光，似乎在这个世界上，这个哥哥是他最重要的依靠。

天佑没再说什么，轻轻点了点头，毕竟现在他们自己的调查已经陷入了僵局，也只能期待孙瞳能找到新的突破口。

“别多想了，明天咱们先去你的学校转转吧！他们有消息一定会通知我们的！”

这座美丽又个性的校园，四处散发着艺术院校独有的氛围，教学楼的造型就像一艘巨大的太空飞船，“船体”被覆盖了色彩缤纷的几何图形；宿舍楼的楼梯像条巨蛇蜿蜒缠绕在通红的楼体外墙；校园里到处都是奇异抽象的雕塑和夸张有趣的涂鸦；一条多彩的石子路像是天上的彩虹投影在地上；花丛和树木的美丽，在这里变成最普通的存在……

如果不是司辰提起，天佑已经将她的那段大学时光，那段单纯而轻松的美好时光，遗忘得太久了。当再度走入熟悉的校园，如柳絮般的回忆又洋洋洒洒地在她的脑中飞舞了起来。她闪烁着大眼睛，看着路过身边的每一个青春洋溢的面庞，那么单纯而美好，天佑微笑地看着，仿佛自己又回到了他们之中。

“看，那是我们的图书馆！”天佑指向了一幢通体被淡蓝色玻璃支撑起来的方形建筑，透过玻璃，层层红色的书架和长条桌椅，就如同树叶的脉络一样布在楼中。

“图书馆？你曾说过在大学时查找过很多关于凡·高的资料，应该主要来自这里吧？”司辰微笑着说。天佑愣了一下，点了点头，她没想到当初自己的一句话，司辰竟然记得这么清楚。

天佑和司辰踱步向前。图书馆的前方有一个圆形的水塘，淡蓝色的楼体、彩色的雕塑、绿色的树木、蓝白相间的天空……周围的景致倒影在水塘中，形成一幅安静而美好的画面。天佑走到水边，俯下身子，用一只手在水中搅动了几下，彩色的“画”随着水波荡漾开来。

这时忽听得背后传来一声呼唤：“林天佑！”

两人扭过头，只见一个面容清爽、身材瘦高的男青年站在眼前。

“林天佑，真的是你呀！”男青年眼睛一亮，兴奋地伸出双手，大步迈上前，像是要扑到天佑身上似的。

天佑本能地向后退了一小步，躲到了司辰旁边，略显尴尬地说：“李牧，好久不见！”

李牧缓了缓神，把手收了回来，不好意思地摸着头：“林天佑，真没想到又能见到你，这么多年了，都没你的音信，你还好吗？”

“嗯，还好。你怎么会在这里？”天佑问道。

“我？我毕业之后就留校当老师了呀！所以，一直就在这里了，哈哈。”

“那挺好的。”天佑轻声应和了一句。

“当年你怎么突然就离开学校了，让大家很是惊讶。”

“我……家里有事。”

“哦哦，无论如何，又见到你真的太开心了，今天你怎么回学校来啦？”

“哦……路过……看看。”

李牧目不转睛地看着天佑，情不自禁地说道：“林天佑，你还是那么漂亮……”

“咳咳！”这时，司辰大声清了清嗓子，打断了他们的对话，阴阳怪气地对李牧说道：“你是谁呀？”

李牧这才回过味儿来：“我？哦，我是林天佑的大学同学，李牧，木子李，牧童的牧。请问你是？”

司辰故意提高了音量，伸着脖子说道：“我是她男朋友！司辰！”

听到这个，李牧愣了一下，看了看天佑，又看看司辰，淡淡地说了句：“哦，你好。”

李牧没多理会司辰，把头又转向天佑，说道：“林天佑，既然回来了，去咱教室看看呗！”

“不用……”司辰立马回应，但还没等司辰把话说完，天佑的一句“好呀”就已经脱口而出。两人对视了一下，天佑看看司辰那别别扭扭的表情，微微一笑，拉着他的手，随着李牧向教室方向走去。

走入那幢“太空飞船”，内部比外面还奇幻，所有空间都被色彩填得满满的，楼道里有很多独具个性的雕塑，墙壁上也贴满了学生们的绘画和摄影作品。

三人一直走到三楼，在拐角的一间教室门外停了下来。天佑缓缓地走向前，犹豫地抬起手，想要推开门却又把手收了回来。

“我现在带的班正好就在这间教室，今天学生们都写生去了，不在。”李牧说着一把推开了教室门。

一束光忽地投射了过来，像是在迎接他们的到来，天佑和司辰跨进了教室。

教室中间被七七八八的桌椅和画架布满，后排还摆放着很多石膏像和画具，阳光从几扇大大的窗户投射进来，把整间教室映射成暖暖的橘色。

天佑缓缓走入画架之中，很多未完成的画作还都夹在画架上，她一幅幅地看着，直至走到最后一个座位上，坐了下来。她轻轻捡起一只画笔，举到面前，丈量起前面的石膏像。她的眼睛清澈得看不到纷扰，嘴唇微微抿起，暖暖的阳光投在她的脸上，透出淡淡的红晕。整个世界仿佛都安静了下来，时间又回到了几年前的大学时光……

“她以前就爱坐在最后那个位置。”李牧轻声说了一句，不知是不是说给司辰听，但司辰听到了，而且心里感觉有点酸，可能是因为错过了天佑的曾经吧。

李牧继续说着：“林天佑，还记得班主任刘老师吧，她现在升职为教务处主任了，嘿嘿，对我可关照呢，当然也是我自己努力！”

“还有咱们班长，李文青，他现在可是位小有名气的画家，前段时间他也回学校了，还给学校捐了几幅作品呢。还有陈娟，记得吧，你室友，你们还有联系吗？她现在去了一家漫画社当高管呢，特棒！唉，你那时候要是不辍学，以你优异的成绩，肯定也是大有前途的……”

李牧絮絮叨叨地说着，天佑似笑非笑地点头应和着，司辰则双手抱在胸前，没有好气地垂着眼听着。

“哦，对了，林天佑，有个东西给你看看。”李牧换了话题，他走到了讲台旁的一个柜子前，翻找了一下，拿出了一幅画，展示在天佑眼前。

一幅冲击力很强的画面冲入眼帘：背景被暗紫色的天空、鲜红的云彩和一片橘黄色的花丛布满，花丛的颜色明媚鲜艳，但看不清花型，因为每朵花的边缘都像是火焰一般，呼呼地冲上天空，与云彩和天空融为一体，直到画布的边缘化作一股黑灰的烟。

在花丛中站着三个人，从轮廓上看是一对年轻的夫妇牵着一个小女孩。女孩的衣着和面容刻画得清晰一些，穿着黄色的纱裙和白色的鞋，她笑着，脸上洋溢着幸福；但那对夫妇的脸上仅是粗略的轮廓，完全看不出样子。整个画面虽用强烈的暖色调，但除了对小女孩的刻画，其他都是混沌繁杂的笔触，模糊不清的边界，冲撞的颜色，处处透着一股诡异。

天佑站起身，慢慢走上前，看着画，皱了一下眉，问道：“这幅画怎么在这里？”

李牧嘿嘿一笑：“这是当初你在学校创作的最后一幅作品，后来老师还把这幅画当范本给大家做展示呢，只是那时你已经离开学校了，我就跟老师要来这幅画，收藏起来，留个纪念。这不，我还可以给学生们继续当范本呢！这是多有视觉冲击力的一幅画呀！”

李牧有点不好意思地挠了挠头：“林天佑，你真的太有个性了，哦不，是你的作品真的太有个性了。我喜欢，嘿嘿。”

司辰瞥了眼李牧，走上前，把画接了过来，看着手里的画，他的心里突然触动了一下：“天佑，你这幅画画的是什么？”

天佑低下了头，轻轻说道：“我的一个梦。就那样记录了下来，也不知道是什么……”她的眼里泛起了淡淡忧伤，把头转向了窗外，似乎不想再看到这幅画。

此时，只有司辰能明白天佑的感受，他平静地把画递给李牧，淡淡地说了句：“你收好吧。”

李牧看着二人的表情，感觉有点儿纳闷，但也没再追问什么，把画收到了柜子里。

“该吃午饭了，走，我请你们俩！”李牧呵呵笑着。

“不用了。谢谢。”司辰冷冷地回了一句。

“没什么，就还去咱学生食堂，不贵，我请！”李牧坚持着。

“不用，谢谢！”司辰的声音更大了，弄得李牧很尴尬。

天佑看了眼司辰，心领神会，转头对李牧说道：“李牧，你是不是接下来还有课？别耽误你的工作，我们不用陪的。”

“啊，啊……”李牧这时虽有不情愿，但也知趣地说道，“我一会儿还真有堂公开课，差点忘了，那好吧，我就不陪你们转了。”

李牧说着退步到了教室门口，用手在耳边摆出了个电话的手势，大声说道：“林天佑，要保持联系哦！我就在学校，常回来找我玩！”

“好的！”天佑微笑着挥了挥手。

李牧离开后，天佑看着一脸不爽的司辰，轻轻拽了拽他的袖子：“咱也走吧，去食堂吃饺子！”

司辰扭过头，问道：“为啥要吃饺子？”

“不用蘸醋了！”天佑顽皮地一笑。

等待消息的时间并不漫长，没过两天，司辰就接到了孙瞳的电话，看来调查比他们预想的要顺利很多。

“天佑，孙哥那边有消息了！走，还是上次那个茶楼！”

司辰和天佑匆忙赶到了净阑阁，孙瞳已经在那里等候了。

“孙哥，您查到什么了？”司辰开门见山地问道。孙瞳没说话，静静地给两人倒了杯茶，然后自己拿起茶杯抿了一口，依旧是一副毫无表情的冷冷模样。

孙瞳放下茶杯，打量着天佑，拿出了两张照片，来来回回看着照片和天佑，像是在做着比对。片刻后，他点了下头，将手里的照片平摊在了桌子上。

那是一张男人和一张女人的证件照。大概都是三十岁的样子。男人脸庞方正，五官分明，虽说不上多帅，却在眉目之中透着一股英气；女人的样子很是惊艳，明亮有神的大眼睛，桃红的嘴唇，娇俏的面容，微微笑着，让人想起“娴静犹如花照水”那句诗。

天佑轻轻捻起两张照片，照片就像是有什么魔力一样，瞬间将她的眼睛激荡出点点星光。她的眉头一颤一颤的，陷入混乱的回忆中。

司辰轻轻将照片从天佑手里接了过来，仔细看了看，皱起眉，指着照片中的女人说道：“这个人……和天佑长得好像……他们是……”

孙瞳没有答话，他顿了一下，又拿出了一张旧报纸，慢慢地推到了司辰和天佑面前。

报纸上一个醒目的大标题不留情面地跃入眼帘——“艺术交流团专机坠毁，仅一人生还！”

新闻照片中，一架飞机在一片荒地里断成两截，到处都是焦黑的火烧过的痕迹，满目狼藉，场面很是惨烈！再看这篇新闻的时间——2003年4月3日。

看着报纸，司辰猛地想起他曾经对天佑脑中伤痛而产生的推测：“2003年5月之前，年幼的天佑一定是经历过火灾或者爆炸之类的重大事故！”难道，这场飞机失事的事故会是……

此刻，天佑的眼睛直勾勾地盯着报道中那张模糊的照片，紧咬着嘴唇，身体微微颤抖了起来，一种强烈的恐惧正在侵袭她。司辰赶紧搂住了天佑的肩膀。

“孙哥，这篇报道是……”司辰问道。

孙瞳看了一眼天佑：“好，那我就直接说了！2003年，曾有一个艺术交流团从北京出发赴荷兰参加一场艺术交流活动，几天后在回程途中，转乘了这架专机。因机械故障，专机中途不幸坠毁。连同机组人员，共13人遇难。”

“但是……其中有一名小女孩奇迹般地生还了。小女孩被送往了医院，不久之后就被她的叔叔接走，再也没了消息。”孙瞳向前探了探身，带着一种压迫感，接着说道，“根据我的推测，这名幸存的小女孩很有可能就是你——林天佑！”

天佑猛地一抖，碰翻了手边的茶杯，水溅向了报纸，她的视线也终于离开了那架坠毁的飞机。

孙瞳死死地盯着天佑，接着说道：“如果这一切没有错的话，你的原名叫作梁依诺，正是收藏家梁化呈和画家冯依曼的独生女！”孙瞳用手点着那一男一女的两张照片，“很遗憾，他们已在这场事故中离世！”

天佑慢慢抬起了头，眼睛通红，眼泪在眼眶中打转却不愿掉下来。

这真的就是她一直要找的身世吗？他们真的是她在苦寻的家人吗？这一切为何来得这样直接，像是一座山突然在头顶轰塌，让她不知所措！

司辰也感到很震惊，他问向孙瞳：“孙哥，您是怎么发现这个线索的呢？”

“我自有我的办法。”孙瞳显然不想回答这个问题。

“您说这是您的推测，那有什么证据证明您的推测呢？”司辰继续追问。

孙瞳顿了一下，应付了一句：“我还没有太确凿的证据！”

“我有！”天佑突然接过了话，她的手紧紧握住了戴在颈间的那枚向日葵项链。“LYN”三个字母，被她反复地抚摸着，在眼眶中打转的眼泪也终于滑落了下来。

司辰看着悲伤的天佑，说道：“天佑，我懂你的意思，但这世上有很多事只是巧合。孙哥目前也只是推测，我们还应该再去证实下，对吗？”司辰轻轻安慰着，毕竟关乎身世如此重要的事，却被猛然摊出如此惨烈的一个答案，很难让人接受。

“如果想证实的话，只需找到一个人……”孙瞳嘬了一口茶，慢慢说道，“梁依诺的叔叔，也就是梁化呈的弟弟——梁化光。如果这一切是事实的话，那么当年从医院接走你并把你送进福利院的应该就是这个人！找到他，一切就清楚了。”

司辰抢着问道：“孙哥，您有这个人的线索吗？”

“目前还没有，但很快会有。”

“去哪里找？”

孙瞳想了一下：“是时候离开重庆了。当年梁化呈一家在北京！梁化光应该也在那里。你们先去北京等我消息吧。”

“北京？”司辰的心咯噔一下。是呀，当初自己从家跑出来，一晃也快一年了，如今要为所爱的人回到自己的城市，他能继续躲避父亲、继续躲避那个家吗？该回归的终究是要回归的。

“那好吧。谢谢孙哥，我们安排一下，您有什么新的消息随时联系我。”

孙瞳点了点头，他正要将照片和报纸从桌上收回去，天佑却啪的一声突然用手按住，迟疑地问道：“这些……能留给我吗？”

孙瞳坚定地摇了摇头：“现在还不能！”

天佑慢慢松开了手。

孙瞳收拾好东西，将一杯茶一口饮下，匆匆地离开了。

“天佑，你还好吗？”司辰担心地问道。

像是为了躲避司辰的眼神，天佑将脸转向了窗外，一片墨绿色的翠竹在窗外轻轻地摇动，屋内突然变得很安静，很安静，唯能听到竹叶摆动的沙沙声。

走出净阑阁，也许是为了止住眼泪，天佑抬起头望向了天空。此时，一阵狂风刮过，浓重的乌云遮住了太阳，一场大雨即将到来……

07

<朱红>

叔叔

“我觉得，我苟且活着，只是还有事情没做完而已……”

熊熊的火焰肆无忌惮地獠着它的爪牙，张开血盆大口，喷出浓烟与炙热，像是要吞没周遭的一切。

一个小小的身影从一个宽大却无力的臂膀下钻了出来，红色的血水从额头流下，模糊了眼睛，她拼命地向前摸爬着，寻找一丝稀薄的空气，寻找寂静中的一点声音。

“妈妈！”——终于，发自她小小喉咙的一声呼唤打破了这片死寂。“爸爸！”又是一声呼唤，她使出了最大的力气，却感觉自己的声音小得像虫子一般，被阻挡在魔鬼的腹中，得不到任何人的回应。没有人，再也没有人回应她了。她使劲睁开眼睛，眼前只有一团浓烈的黑红色，什么也看不清。

她害怕极了，小手颤抖着向前摸索。“妈妈！爸爸！”她拼命地呼唤着，却什么也听不到……她头痛欲裂，身体猛地一个抽搐，晕死了过去。

如果不是有关过去的信息被一再揭露，天佑脑中那扇封锁的大门永远不会被触碰。但现在，那扇门被强行推开了，残存的记忆从门缝中一点一点挤了出来，它们扭曲着、挣扎着使劲往外挤，挤得血肉模糊，挤得面目狰狞，同时伴着一个混沌的声音出现在耳边：“找到它，找到它……”

“谁？！”天佑从噩梦中惊醒了，她呼呼喘着粗气噌地坐起身，脸颊有滚烫的液体流下，她辨不出是泪滴还是汗水，痛苦的场景还在脑中啪啪地闪着影子。她深呼一口气，努力让自己平静下来，此刻的她好想听到司辰的琴声。天佑定了定神，大眼睛溜溜地搜寻司辰的影子，转过头，看到司辰正趴在写字台上，睡着了。

电脑还开着，已经发烫，身旁一个本子上密密麻麻地摘写了很多信息。天佑轻轻走上前，把毯子披在了司辰身上，静静地看着他熟睡的脸庞——这些日子经历的种种，让天佑无法静下心来欣赏这张干净俊朗的脸，体味这份温柔坚定的爱情。但她心里很清楚，多亏有这个男人一直陪在身边，勇气不是与生俱来的，而是爱和陪伴赋予的，天佑此刻已经不再畏惧未知的真相，她愿意跟随冥冥之中的那句呼唤——“找到它”而前行，尽管她还不知道究竟是要找什么。

天佑的眼睛闪着温柔的光，她凝视了司辰片刻，轻轻俯上前，在心里对司辰默默念了一句：“谢谢你……”沉睡中的司辰似乎感应到了什么，眼皮轻抖了一下，嘴角微微扬起了曲线。

收好行囊，奔赴真相，天佑和司辰坐上了飞往北京的班机。

三个小时的航程，天佑一直扭着头望向窗外，纯蓝的天空清透寂静，柔软的云层浮在脚下，浓稠而凝重的白色像是生命在游动。这个蓝白的天境擦去了世间的杂乱和肮脏，很纯粹，很干净——这是天佑喜欢的样子。可不知为什么，时不时跳出来的紧张感一直冲击着她，天佑感觉能听到自己心跳的声音，她紧咬着牙关，手心不停地出着冷汗，眼泪在眼眶里打着转。

“天佑，你哭了？”司辰关切地问道。

“没有，光线太强，有点刺眼。”天佑抹了下眼角，倔强地回答。

司辰要了杯热牛奶递给了天佑，又调出了一首音乐，把耳机轻轻戴在天佑头上，天佑听着听着，把头扭向了司辰，似笑非笑，表情奇怪地瞥着他。

司辰看到天佑的表情，噗嗤一下笑了：“哈哈，谁叫你总那么紧张的，现在放松点儿了吗？这是我最爱听的一段相声了，逗吧？”

司辰牵起了天佑的手，温柔地看着她：“天佑，无论是什么结果，都不要怕！过去的都已经过去，你的未来都会有我陪！”

天佑把头轻轻靠在了司辰肩上，窗外的光线变得柔和了很多，她慢慢闭上了眼睛。

他们顺利地到达了北京，在机场出口处，有一个人已经在等候他们了——司宇。

司辰有些吃惊：“哥，您怎么知道……”

“要了解你们的行程是件很难的事情吗？”司宇不屑地笑了一下，“我来接你回家！”

“我不回去！”

“难道回了北京你还要住酒店不成？这几天父亲没在国内，回去住吧。”

“哥，再等等好吗？还不是时候。”

“她吗？”司宇瞥了一眼天佑。

“是的，等把天佑的身世弄清楚，帮她找到家人，我们会一起回去见父亲。”司辰紧紧抓住了天佑的手，眼睛里闪出一道憧憬的光。

司宇叹了口气：“那接下来，你们是去找梁化光吗？”

“孙瞳都告诉您了？”

“嗯，他早已经到北京了。这两天如果有新的消息会通知你们。”

“好的。哥，我预订了一家快捷旅店，送我们过去呗。”

“快捷旅店？出去流浪一年，你还真学会节俭了。”司宇微微一笑。

司宇把天佑和司辰送到旅店，吩咐了一句“有事给我打电话”，就匆匆离开了。

司辰进入房间的第一件事，便是把他的琴盒打开，小心地查看那把红褐色的小提琴在这一路的颠簸下是否安好，确认后，司辰微笑地把琴盒往背上一背，说道：“天佑，我们出去转转吧。”

司辰迫不及待地想给天佑展示“他”的城市，当然也有可能是“她”的城市。

傍晚的北京，匆忙的人群和拥堵的道路如同这座城市跳动的脉搏，生生不息，给这个夏天又增加了几分热度。渐渐地，夕阳缓缓下落，华灯初上，空气里逐渐少了些许燥热和不安，气息也变得祥和了很多。

司辰和天佑慢慢走在后海边，一丝凉爽的风吹来，从水汽、林荫及四合院的院墙中透出来一股老北京悠然自得的味道。

司辰停下了脚步，对着水面，轻轻地拉起了小提琴，像是送给久别的城市一句回来的问候。

一曲作罢，司辰笑嘻嘻地跟天佑讲起了小时候的事：“我小时候常来这附近，在水边摘柳条，在胡同里捉迷藏，绕着和珅的府邸跑圈儿……”

司辰把手指向前方：“再往前走，到荷花市场，一边是潮男潮女、灯红酒绿的酒吧街，另一边是大爷大妈跳广场舞、各路票友唱大戏，自得其乐，很有趣……我特别喜欢这片水，夏日波平如镜，荷花盛开；到了冬天，整个水面会变成一个大大的冰场。小的时候，我哥总是会带我来滑冰，还用那种小凳子自制的雪橇车，拉着我，不摔得一瘸一拐的都不肯回家……”司辰说到这里，嘿嘿地笑了起来。

“你跟你哥的关系真好啊！”天佑轻轻感叹着。

“那当然了！特别好！”

“那和你的父亲……”

被天佑这样一问，司辰神采飞扬的脸突然低垂了下来，他轻叹了一口气：“其实，我和我父亲的关系……不仅仅是因为他的蛮横霸道，更重要的是……”司辰的话突然哽住了，他转过身，把手搭在了汉白玉栏杆上，望向远方那座轮廓模糊的望海楼。

“更重要的是，他对我的母亲很不好。”当司辰被碰触这个话题的时候，心里对父亲的怨恨一下子涌了上来：“你知道吗？那种不好，不是简单的吵架生气，相反，是一种冷漠，可怕的冷漠！不关心、不在乎、不理不睬、形同陌路。从我很小的时候，他就是这样的态度。这么多年，从来没见他对母亲笑过，没见他们像一家人那样聊过天，逛过街。甚至在我母亲患上癌症的最后那段时间，他都没去医院照看过。这对母亲来说是多么可怕、多么折磨人的日子！”

司辰轻抚着手中的小提琴，接着说道：“这把琴是我母亲留给我的，据说我母亲年轻时也很爱音乐的，可是我从来没有听她拉过琴。我曾经问过原因，她只淡淡说了一句‘你父亲不喜欢’……”。

“所以……”

“所以我真的无法理解，如果他不爱母亲，他们为什么要结婚，又为什么生下我哥和我！这么多年，他一直活得像块没有温度的冰，伤害的只有家人！”司辰一贯温雅的样子此刻却像变了个人，压在心底多年的情绪终于随着控诉释放了出来。

“也许……他有什么不得已的苦衷吧。”天佑把手轻轻搭在司辰的手上，安抚着他的情绪。

司辰做了一个深呼吸。“也许吧，就像我哥现在不也是嘛，被迫去和一个不爱的人结婚，只因为父亲要他这么做！唉，我哥还是会顺从于我父亲，但是我不会！我只想做我想做的事，爱我要爱的人！我会有我的选择！”司辰紧紧握住了天佑的手，当两人十指紧扣时，一股电流带着温暖的力量穿透了两个人的内心。

天佑对司辰温柔地说道：“你不要和你的父亲闹得太僵，其实，能有家人在身旁就是种幸运。”

“嗯，我明白。他毕竟是我的父亲，我会有分寸的。只是……”司辰紧锁着眉头，继续说道，“我总感觉在他的面前挡着一堵墙，一堵很厚很厚的墙，他站在墙的那面，让我摸不透，也无法靠近……”司辰的目光凝重地望向远方，他跟父亲之间的隔阂是他多年来无法破解的一道难题。

“好了，不聊这些了。”司辰深呼一口气，微微一笑，“前面有间小酒吧，音乐很好，咱们去喝点东西吧。”

昏黄的灯光把酒吧照出一种懒洋洋的暖色调，一首古老的钢琴曲轻柔地流淌着，松软的沙发让人想瘫软其中睡上一觉……北京的夜晚，有张有弛，有动有静，无论是谁都能在这座城找到一个角落，安放自己的疲惫与慌张。

“我本属于这座城市吗？我的父母真的就是他们吗？我们一家

真的遭受了那样可怕的意外吗……”天佑的脑子里不停地闪现这些问题，她感到心里有无数朵飘摇不定的蒲公英等待着落入泥土。

天佑端起司辰为她点的“玛格丽特”，酒杯里的液体发着淡蓝色的光，像一杯神奇的药水。

她轻轻抿了一口，是甜的！伴着杯边的盐粒，天佑体验到一种奇妙又快乐的味道！她又抿了一口，望向幽暗灯光中司辰的笑容，那笑容明朗纯粹，给人一种向阳而生的温暖。看着这样的笑容，她的心慢慢地沉静了下来，嘴角也挂起了微笑……

北京的夜，本是美好。

几天后，司辰等到了孙瞳的至关重要的电话。

“人找到了！约了下午3点见面，我会把地址发给你。”

天佑和司辰早早地赶到了约定的地点，是一间安静的咖啡厅，人很少。一进门便看到坐在正中位置的孙瞳。

孙瞳还是那副行若无事的样子，淡淡地说：“我就知道你们肯定会来得很早。”

“孙哥，您真把他找到啦！”司辰激动地说。

“找这个人确实挺费劲。不过，既然找到了，今天就把想知道的都问出来吧。”

“他会说实话吗？”

“我自有办法。”孙瞳显得胸有成竹。他瞟了眼旁边的桌子，转头对天佑说：“你，最好先坐到那边去吧。”

天佑和司辰对视了一下，顺从地坐到了邻桌，点了杯果汁。天佑今天戴了一顶遮阳帽，她并没有把帽子取下，反而压低了头顶的帽檐，用力遮掩自己内心的紧张。毕竟，即将见到的这个人也许就是她在世的亲人，告诉她当年到底发生了什么……

表针慢慢指向了3点，又过了几分钟，还没见有人来。司辰有点担心：“孙哥，他会来吗？”

孙瞳并不着急，他口气轻松地说了句：“再等等。”

话音刚落，从门外走进了一个男人。四五十岁的样子，个子挺高，不算胖，长得还算精神，但中年人的油腻感和不修边幅却在他身上体现得淋漓尽致。头发毛毛糙糙，胡子也没刮干净，脸上泛着油光，松松垮垮的短裤、大T恤，一双拖鞋呲哩擦啦地在地上滑着。

进门后，男人歪着头打量了一圈，操着一种赖了吧唧的口吻，喊道：“哪位是孙记者？”

“我是！”孙瞳伸手示意，并指着对面的座位说道，“梁先生？请这里坐。”

梁化光向孙瞳和司辰径直走了过去，拉开了椅子，瘫坐在上面。

“你们要聊啥？”梁化光不一副不屑的模样。

“是这样的，我们想写一本关于北京收藏家的传记，想跟您了解下关于您哥哥梁化呈先生当年的一些情况。”孙瞳说道。

“他都死了那么多年了，写他干吗！你们咋不写点儿活着的人？”

“我们这不是在追溯历史，纪念名人嘛。”

“他当年也不是很有名气啊？”

“那只是他行事比较低调而已，但就我们了解，当年有一对‘神雕侠侣’在北京的收藏圈和书画圈里还是挺有威望的，指的就是您哥哥梁化呈和其夫人冯依曼，对吧？”

“他们还有这外号呢？我不知道。”梁化光摇了摇头，有点不耐烦，“其实我跟我哥走得并不近，真不怎么了解他，而且是那么多年以前的事了，都忘了。”

“那就拜托您尽可能回忆下吧……”孙瞳拿出了一个厚信封，慢慢推到了梁化光面前，“按照约定，您只要配合我们回答些问题，这五千块钱一分不少，都是您的。”

梁化光伸手拿起信封，捏开封口瞥了一眼，就快速塞进了裤兜里，一抬头：“你问吧！”

孙瞳微微一笑：“谢谢您配合！”

“您一家是北京人吧？梁化呈先生也是从小生活在北京？”孙瞳问道。

“嗯。是的，打小就在这里。”

“梁先生是从什么时候开始做收藏的呢？”

“大概也就20多岁吧，那时候他读完大学，自己开始做点小生意，赚了点儿钱就开始倒腾什么古玩，后来认识嫂子，就主要做字画的收藏了。”

“您没跟他一起做？”

“我不懂那些，也没兴趣。”梁化光一瞥眼，目光扫了下邻桌的天佑。天佑压了压帽檐，低着头没有看他。

孙瞳接着问道：“您的祖辈上是有什么文化方面的传承吗？影响了他从事这一行？”

“也没啥吧，都是普通人。我哥他打小爱看书，喜欢历史，这可能有点关系。”

“您觉得您哥哥是个什么样的人？”

“什么样的人？好人啊，又有才，啥都懂，整天东奔西跑的，很能折腾事儿。”

“他还有个女儿，叫梁依诺是吗？”

梁化光愣了一下：“哦，是的。”

“据说她当年在那场飞机事故中幸存下来了？”

此刻，梁化光的表情突然有点不自在，含糊地答道：“嗯……好像是吧。”

“好像是？那可是您的亲侄女！”孙瞳的口气变得严肃起来，“后来呢？她去哪里了？”

“我……我不知道。”梁化光显得有点紧张，眼神飘到了一边。

司辰在旁边坐不住了，直接质问了起来：“您不知道？她的父母出了那样可怕的事故，您可是她最重要的亲人啊，您不关心吗？”

“我真不知道，对了，她还有个小姨，她……她可能找她姨去了！”

孙瞳毫不客气地回应：“当初处理梁化呈先生后事的可是您啊，从医院把他女儿接走的也是您！”

梁化光猛地站了起来，慌慌张张地说：“你们，你们到底是什么人？！警察吗？”

孙瞳走上前，把梁化光按在了座位上，低下身说：“别紧张，我们不是警察，我们也不是来追究你以前做过的事，我们只需要知道真相就好。”孙瞳拍了拍他那放着信封的裤兜。

“什么真相？你们到底什么人？想让我说什么？”梁化光抱怨着。

这时，孙瞳又拿出了一个同样厚的信封，放在桌上轻轻拍了下，梁化光眼睛一亮，伸手就要去拿，孙瞳猛地按住，冷笑一声：

"您该说的还没说呢！"

梁化光无奈地放软了口气，磕磕巴巴地说道："你们……就是想知道梁依诺是吗？当年，出事后她被送到了医院，的确是我把她从医院接走的……"

"后来呢？"

"后来……后来我把她……送到了福利院。"梁化光的声音突然小得像蚊子嗡嗡。

"啊？什么时候送的？"司辰急迫地问道。

"没多久后就送过去了。"

"哪家福利院？"

"哪家福利院……"梁化光的眼睛滴溜溜转着，"重庆！重庆的一家福利院，名字……我想不起来了。"

"红草莓？"

"对，对，是这个名字！"梁化光一愣，"你……你怎么知道的？"

此刻，空气突然凝住了一般，好安静、好安静。司辰慢慢把头转到了一旁，看向天佑。天佑仍然低着头静静地坐着，帽檐压得好低好低，看不到她的眼睛，但一滴闪亮的泪珠分明从脸颊滑了下来，双手紧握的那只杯子似乎都要被她捏碎了。

司辰叹了口气，扭回头瞪着梁化光，质问道："当初为什么要把她送走，是为了独占梁化呈先生的财产？"

梁化光变得越发紧张了："那个……那个……我……好吧，我承认，我当时是缺钱，有点儿贪念。但一开始也没想送走那孩子，毕竟是自己的亲侄女，可……可她出事之后，傻了……"

"傻了？"

“是呀，失忆了一样，啥也不知道，也不怎么说话，整天和木头人似的，还……还，抽了一次风，好吓人呢！”梁化光接着说道，“我，我哪里照顾得了这样的小孩儿呀！”

“你作为叔叔，在她父母去世后，就是她最重要的亲人了，理应照顾她，给她疗伤治病啊！”

“我……我……”梁化光被质问得说不出话了。

司辰接着问道：“而且，你为什么要把她送到重庆那么远的地方？”

“我媳妇老家是那儿的，跟她回趟老家，顺便就把孩子留那边了。”

“顺便？我看是故意送那么远的吧，为了她长大以后也找不回来！没法跟你分财产！”司辰气愤地把拳头砸到了桌子上。

梁化光满脸通红，无言以对，他噌地把桌上的信封拽到了手里：“那个……问完了吧，我要走了！”

梁化光起身就要走。就在此刻，天佑猛地从旁边站了起来，一个跨步，挡在了梁化光面前，梁化光被吓了一个激灵。

天佑摘下了帽子，慢慢地抬起了头，她紧咬着嘴唇，一双大眼睛兜着满眶的泪水，死死地盯着梁化光，那眼神像是有冰冻空气的力量，让人浑身发冷。

梁化光看着天佑的脸，凝视了好久。突然，他手抖了起来，眼圈也泛红了，慢慢问道：“你……你是谁……难道……”

司辰走上前，轻轻扶住天佑，对梁化光说：“她就是你的亲侄女，梁依诺！”

梁化光使劲眨了眨眼睛，缓缓地说：“像……怪不得那么像呢……”

“像什么？”

“长大了，更像我哥我嫂了……”

天佑兜在眼眶中的泪水终于肆意而下，再也无法阻拦，她的一只手紧紧握住颈间那只向日葵吊坠，“LYN”——是的，自己就是梁依诺！

这不是一次温暖的认亲，虽然确认了身世，但天佑始终无法张开双臂来拥抱眼前这个亲人——她的叔叔！因为她不知道自己究竟是怨恨多一些还是渴望多一些，如果当初没有被叔叔抛弃，这么多年她会如何度过呢？

此刻，天佑要努力接受眼前这个陌生的亲人，要努力接受自己已经明确的身份，更要努力接受当初那场可怕的事故夺走自己亲生父母的事实……这些就如同滚烫的烙铁在心里灼烧着，让她痛苦不已。

时间静止了片刻，梁化光咬着牙，终于挤出了几个字：“丫头，我对不起你！”

天佑把头扭向了一边，丝毫不想接受这句道歉。

司辰上前一步，愤愤地说道：“当年，你真就这么贪财吗？亲情、同情心，哪怕是做人该有的良知都抛弃得这么干净！”

“不是……不是……”梁化光顿了一下，一屁股坐回了椅子上，低下了头，“我……我从小就什么都不如我哥，长大了，就是个普通工人，更没法跟我哥比。但我还特好面子，娶个媳妇花了不少钱，还打肿脸充胖子买了车和大房子，欠了一堆债……所以……”

“所以……为了财产，你把我抛弃……甚至……还想杀了我？！”天佑突然冒出的这一问，着实把梁化光吓了一跳，旁边的孙瞳也是一惊，只有司辰明白天佑在想什么。

梁化光慌忙解释："什么呀！我……我是图财，但我哪儿敢害命啊！当年我把你送到福利院，就是想有人能照顾你，让你能好好活着啊！"

天佑狠狠地瞪着梁化光："那你后来去福利院看过我吗？"

"那个……北京离重庆挺远的……那个……路费也挺贵……"梁化光一脸羞愧。

"所以……你从来没有后悔过？从来没有想过把我接回来？"

"丫头，我……我……补偿你……"梁化光寻摸了一下，慢慢打开手里的信封，把钱掏出一小沓，递向天佑。

"呵呵！"天佑含着眼泪冷笑了两声，把他的手猛地一推，说道，"你真的太可笑了！补偿？十七年……我这十七年经历的种种你用什么补？我被改变的人生你补得起吗？当年，你抛开了我，以后你也不必参与我的人生！"

"丫头，也不全是我改变你的人生啊，如果当初你爸妈没出事……唉！"梁化光叹了口气，接着说道，"而且，你们肯定认为我哥我嫂特富，我贪了他们好多是吗？其实不是的，真不是！"

梁化光接着解释道："在出事之前的一段时间，他们变卖了大半财产去买了一件非常重要的东西，家里真没剩多少了。"

"重要的东西？"听到这里，孙瞳突然不再冷静，变得激动了起来。

"是啊，说是非常非常重要！"

"是什么？"孙瞳追问道。

"不知道，他们没告诉我。那东西到底是啥，放哪儿了，我什么也不知道，我收拾房子的时候也没发现什么了不起的东西。"

“你说的都是真的？”

“哎呀，都到这份儿上了，我还撒啥谎啊，是真的！都是真的！”

天佑擦干脸上的眼泪，默默地坐在了一旁，此刻她的头又开始痛了。

“林天佑、祖小云、梁依诺”，她在不同阶段扮演的角色终于都归于自己身上，她感觉被拉扯、被撕裂一般。她心中有着太多的疑问，她想知道儿时的事情，她想了解自己的亲生父母，她想知道当年到底还发生了什么，她太想知道了……但是，面对眼前的这个“叔叔”，所有的问题都卡在喉咙里，一句话也不想说。

许久之后，天佑终于问出了一句：“我小时候……家在哪里？”

“那个……在安定门附近。”梁化光说。

“我想去看看。”

“丫头，你去也没用。拆了，当年的老房子早就拆了。”

“我要去！你带我去！”

夜色慢慢降下，北二环上依旧车水马龙，道路变成了闪耀着红色和黄色鳞片的两条长龙，并肩延向远方。一口大石鼎稳稳矗立在安定门桥的中央，保佑着人们“安定生活，成家立业”。

沿安外大街慢慢向前走着，天佑的每一步都踏得十分沉重。她仔细地环顾周围，不想漏掉任何一个角落，试图把自己的脑子挖出来，去找寻过去的一点记忆。

很可惜，什么都没有。老房子没了、街道变了、商铺换了，护城河边也被翻修了……十几年，这里发生了太多的变化，只有地坛公园门口那个高高的牌坊依旧鲜艳高傲地矗立着。

可是，即便这一切都没变，天佑也什么都找不回，儿时的记忆已被那场火烧得干干净净，她像是一个流浪在陌生城市的孩子，脑中空空荡荡，心里没有了方向。

看着失落的天佑，司辰把头扭向了跟在后面的梁化光——这个好不容易找回的叔叔，带给天佑的并不是温暖的亲情，更像是留给她的一道伤疤，每每撕开必是痛苦的。

司辰走上前，对梁化光说道："你之前提起过，她还有一个小姨，是吗？"

"嗯嗯，是的。"

"她在哪里？知道吗？"

"当年一直在河北老家呢，就我哥结婚时，来北京见过一面，此后也再没见过。"

"他们出事后，她也没来？"

"这个……"梁化光迟疑了起来，磕磕巴巴地说，"那个……后事，我一个人处理就好了。她大老远的就……就没来。"

司辰狠狠地瞪着梁化光，不用再追问什么，也能猜到当年这个贪婪的小人都做了什么。

梁化光低下头又跟了几步，实在是待不住了，他走到天佑跟前，说道："丫头，哦不，大侄女，那个……天也挺晚了，你婶儿等我回家吃饭呢。地儿我也带到了，我先走了啊！那个……改天，改天咱再见啊……"

说完，梁化光扭过头，摆了摆手，一路小跑地仓皇逃离了他们的视线。

孙瞳要去追，却被司辰拉住了："孙哥，算了，我们已经要到了答案。他这种人，不必再见！”

孙瞳收起了脚步，看着梁化光远去的背影，脸上泛起了一丝奇怪的表情。

司辰问道：“怎么了，孙哥？您是不是也在怀疑他？”

孙瞳反问道：“怀疑什么？”

“福利院外的那场车祸……会不会是？”

孙瞳把头扭了过来，对司辰淡淡地说了一句：“你想多了。”

司辰没再继续追问，顿了一下，接着说道：“孙哥，我想再请您帮忙找一个人。”

孙瞳点了点头：“我明白！找她的小姨呗！”

孙瞳转头看向天佑。此刻天佑正呆坐在街铺前的台阶上，直直地看着前方，眼前匆匆而过的行人和车辆都无法转移她的视线，她的脸上看不到任何表情，好像一尊泥像。

孙瞳轻轻叹了口气，对司辰说道：“好好陪陪她吧！我先走了，等我电话。”然后拍了拍司辰的肩膀，离开了。

司辰慢慢走到天佑身边，挨着她坐了下来，轻声说道：“这里太吵了，我们换个地方待会儿好吗？”

天佑没有回应，只是把头轻轻靠在了司辰的肩膀上。她的目光仍然那样茫然而平静，看不到一丝波澜。过了许久，天佑突然坐直了身子，冒出一句：“我为什么还活着？”

“什么？”司辰一愣，充满担忧地看着天佑。

天佑咬了下嘴唇，淡淡地说道：“父母没了，老师没了……两次劫难，唯独我自己还活着……我究竟是幸运，还是不幸呢？”

司辰马上接话：“幸运，当然是幸运的！‘大难不死，必有后福’，所有苦难都过去了。天佑，你的未来只有美好！”

听着司辰的鼓励，天佑轻轻摇了摇头：“我觉得，我苟且活着，只是还有事情没做完而已……”

“为什么这样说！”司辰对天佑此刻消沉的状态，感觉既心疼又着急，他轻轻地扶住天佑的肩，说道，“我听过一句话——万事万物皆有裂痕，那是光照进来的地方！人生经历的每一次坎坷，都在为你的未来积累福分！”

“未来？”天佑轻轻摇了摇头，“我没有想过未来，我感觉自己只是在救赎我的前世。”

“前世？！”天佑淡淡的一句话，却把司辰吓了一跳，他赶紧用手摸了一下天佑的额头，“天佑，不要胡思乱想喽。你今天一定是太累了，咱们回去休息吧！我给你拉琴听，好不好？”

天佑微微抬起头，看着一盏盏明亮的街灯，为匆匆赶路的人们照亮了家的方向。

天佑想家了。可是，“家”在哪儿呢？

旅店房间的灯亮了，天佑把屋里所有能开的灯全都打开，像是要与外面的黑夜较劲。她支起了画架，拿起了画笔，安静地画起了画。

这一夜她都没有停下，一直画到了天亮，当外面的阳光为她驱走了夜的黑。

画布上跃然呈现出一幅画，和前些天在大学教室里看到的那幅一模一样的画——天佑的梦境。只是这次画中的那对夫妇的面容终于清晰。是的，天佑把孙瞳曾展示在她面前的那两张父母的照片记得清清楚楚，把他们的面容填补到了这幅画中——画终于完整了。

笑容，温暖的笑容，恬静的笑容，就像是谷底鲜花，海底明月，穿透了一切悲伤的阻隔，散发着生命的倔强和力量。

天佑放下了手中的笔，看着画，仰起头，迎着窗外的阳光，脸上终于露出了一丝微笑。

没过两天，司辰拿到了一个地址和一个人名——南高村甲四号，冯素晴。那是一个距离北京四百多公里的地方和一个陌生却又牵连血脉的名字。

“天佑，去吧！”司辰带着鼓励的目光对天佑说道。此刻，他多么希望这次的寻亲能有好的结果，能给天佑带来温暖和安慰，能给她找到一个“家”！

天佑点了点头，目光坚定地说：“好！”

08

<湖水绿>

老屋遗物

逝去的人，逝去的岁月，在每一件物品上都留下了深重的痕迹和让人心碎的故事。

夏天的太阳不偷懒，早早就爬了出来，照亮了大地，也照亮了天佑心中那一点期许的光。

当司辰和天佑准备出发时，一辆轿车已经停在了旅店的门前。司宇从驾驶室走下来，把钥匙扔给了司辰，说道："别告诉我，你们要走着去。"

司辰看着司宇，嘿嘿一笑："什么都瞒不过您，谢谢哥！"

司宇问："怎么不让孙瞳陪你们去？"

"不用总麻烦孙哥了，有了地址，我们自己去找就好。这次我们是去找天佑的小姨，又不是那个难搞的叔叔，该面对的，我会陪天佑一起面对。"司辰用怜爱的目光看向了身旁的天佑。表面平静的天佑，忐忑和期待早已经溢满了内心。

简单告别后，司辰和天佑出发了，司宇一直站在那儿，目光凝重地看着车越开越远，若有所思。

一路上，天佑不停地抚摸着那枚向日葵吊坠，此时"LYN"三个字母像是刻在她的血肉之中，无比深刻。"我知道，不是你们抛弃的我！爸爸妈妈，你们是爱我的，对吗？小姨会是什么样的人呢？她当年为何也不要我……"天佑默默望着车窗外，思绪不断，路旁的树木一棵一棵地晃过眼前，只留下团团绿色的幻影，一根根电线杆，挑起长长的"五线谱"，却没有任何音符……这时她耳畔又莫名响起了一个声音："找到它，找到它……"

“找什么？”天佑猛地一惊。

“你睡着了？”司辰开着车轻声问道。

“我是睡着了吗？”

“是呀，你刚才是不是说梦话呢？”

天佑感觉一阵头痛，她也不清楚自己刚才是什么样的状态，更搞不清那个魔咒一样的声音到底从哪里来，她时常有一种灵魂游离的感觉，像有一个自己以旁观者的身份审视并干扰着另一个自己。天佑叹了口气，眼神又飘到了窗外。

司辰打开了音响，电台里悠悠传来一曲民谣，他立刻跟着哼唱了起来：

“为寂寞的夜空画上一个月亮，把我画在那月亮下面歌唱；

为冷清的房子画上一扇大窗，再画上一张床；

画一个姑娘陪着我，再画个花边的被窝，画上灶炉与柴火，我们一起生来一起活……”

原本沧桑寂寥的歌曲，让司辰用一种热情激昂的声音唱了出来，他还时不时顽皮地对天佑挑挑眉，咧咧嘴。天佑终于被逗乐了。

看到天佑的笑容，司辰开心地说：“嘿嘿，你笑起来多好看，不许再愁眉苦脸了哦！”司辰继续一首接一首地哼唱着歌曲，天佑微笑地应和着，这一路不再那么漫长……

太阳已经绕过了头顶，他们终于到达了目的地。

一个鲜亮的牌楼上三个大字——“南高村”映入眼帘，一条平整的水泥路从牌楼下向村子里延伸过去。司辰把车停在一旁，背上包，拉着天佑走入了村子。

这并不是一个幽闭的村庄，相反，一排排整齐漂亮的二层小楼和一些停在楼门前的小汽车，展示出这里村民的开放和富足。

司辰和天佑逐一寻找着“甲四号”这样的门牌号，但是眼前这些房子的门牌号都是以阿拉伯数字打头的，看不到“甲乙丙”之类的编码。司辰和天佑在村里绕了很久，也没找到头绪。

他们看到几位正在房门口坐着唠嗑的村民，便上前询问了起来，一位老者解答了他们的疑问：“你们要找的这户人家，不在这儿，咱这儿是村改造新建的一片房子，还有个别固执的人家没搬过来，留在老屋那边呢！”

“请问老屋在哪里？”

“不近，你们可得走一会儿。”老者指向了村的深处，“向前一直走出这片新房区，向左一条小路，顺着绕过一片玉米地，然后再往东走个一里地，看见一个小山坡就到了。”

按着老者指的路，天佑和司辰着实走了很久，终于看到一片零零散散的老房子出现在眼前一个低矮的小山坡上。村口一座破损的石碑上隐约看得到“南高村”三个字，提示他们找对了地方。

天佑和司辰慢慢往里面走，与先前那个光鲜的“南高村”截然不同，这里像是一个被世人遗忘的角落，满眼充斥着单调黯然的灰土色，弥漫着沧桑陈旧的气息。

这里的房子还都保留着上世纪的建筑样式，多已破败不堪，杂草丛生，看得到倒塌的院墙、漏洞的屋顶、废弃的石磨和破损的木门……整个村子格外安静，连狗叫的声音都没有，更看不到一个人，很是荒凉。

天佑和司辰沿着一条坑坑洼洼的土路一直向前。这时，远处缓缓飘起了一阵炊烟。

“那里有人住！”天佑和司辰兴奋起来，快步走去。

炊烟犹如白绫一般悠悠飘向天空，把他们引到深处的一户人家。

面前的景象，让他们有些惊异。因为在这个破败的村子里，难得见到保存得如此好的建筑：一堵并不高的灰白色围墙平整有序，院口两扇木质的大黑门半敞着，裂痕爬上了雕着祥纹的门额，“梅、兰、竹、菊”四根门簪透着暗淡的红，左右两尊“游鱼戏莲”的箱型石墩已被磨得光亮，一屏雕刻着福禄寿三星的影壁墙立在门后正中，雕工精致却沉淀着岁月的厚重感。

抬起眼，墙边钉着一个破旧的木牌子——“甲四号”。

啊，这正是他们要找的地方！

天佑紧张了起来，她不自觉地往后退了半步。司辰则上前扣响了木门上那枚金色的铜环，“咚咚”，浑厚沉闷的声音打破了四周的寂静。但过了许久，也没有得到任何回应。

“请问有人吗？”司辰向里面喊道，可还是没有回应。

“那我们进来啦！”司辰一面说着，一面拉起天佑的手，踏入了大门。

影壁墙后，一个干净明亮的小院豁然呈现，坐北朝南一座嵌着棕红门窗的灰色正房，两边对称坐落着两间厢房和两个小耳房。整个建筑虽然样式古旧，但被修葺得很好，院子也打扫得干干净净。

院正中，一位满头银发的老妇人正安静地坐在轮椅上。斜阳照下，银发闪着光，她满脸的褶皱如同沟壑般深刻，记载着她走过的千辛万苦。干瘦驼背的身躯微微侧向轮椅的一边，腿上盖着一个旧毛毯，两只手半握着搭在腿上。老人闭着眼睛，嘴微微颤动着，像在自言自语。

天佑和司辰轻轻走上前。

“老人家，您好……您好！”司辰连唤两声，老人仍没有任何回应。

“您好！”天佑也呼唤了一声，这时老人终于慢慢抬起头，睁开了眼睛，那双眼深陷在眼窝中，苍老浑浊。她使劲地眨着眼看向天佑，颤抖着把手臂抬起，勾了勾手指。天佑又走近了一步，轻轻俯下身，凝视着老人的面庞，并用手托住了那只颤抖着的手臂。

突然，老人紧紧握住了天佑的手，激动地哭了起来，她的嘴唇抖得更厉害，发出了沙哑的声音：“回来了……回来了……回来了……”老人不停地重复着这三个字，眼泪滑过了苍老的面庞。

天佑被老人突如其来的举动弄得不知所措，但那双苍老粗糙的手让她感受到一种熟悉的温暖，她的心开始发烫，莫名红了眼眶。

这时，一个中年女人从那间升起炊烟的耳房走了出来，看到眼前这一幕，愣住了。

司辰打量着这个女人，穿着朴素却很干净，乌黑的头发精致地盘起，鸭蛋脸、大眼睛，风霜在脸上刻下细纹却掩饰不住她曾经拥有的美丽。

“她难道就是天佑的小姨？”司辰心里想。

女人回过神，用身前的围裙擦了擦手，问了句：“你们找谁？”

司辰说道：“请问您就是冯素晴吗？”

“是啊。”女人一边说着一边走上前，俯身在老人背后，轻轻揉着她的肩安抚着，老人嘴里仍不停念叨着：“回来了……回来了……”

女人一脸不解地抬起头，顺着老人的目光，端详起天佑，她仔细地看了看……

“啊……怎么可能？”女人也突然激动起来，使劲摇着头，“不可能，不可能……”

女人深吸了一口气，努力控制住自己的情绪，轻声地对天佑和司辰说：“你们等一下。”

她轻轻扒开老人那双紧握天佑的手，为老人擦去了眼泪，像哄孩子一样温和地说：“回来了，都回来了，您就放心吧……走，咱回屋休息，休息一下啊。”说着，她把老人的轮椅缓缓推进了屋子。

司辰握紧了天佑的手，两人在院中静静地等候着。

许久之后，女人走了出来。她平静地说道：“我妈她岁数大了，犯糊涂，别介意啊。你们找我什么事？”

“老人家刚才是犯糊涂呢？”司辰问道。

“是啊，这位姑娘和我姐长得很像，所以她可能是以为……”女人顿住了，低下头苦涩地笑了一声。

“如果，是真的呢？”司辰不知道该怎么把实情说出口。

“什么真的？”女人的口气沉了下来，“我姐早去世了！”

“那她的孩子呢？”

“也不在了……”女人难过地说。

“发生了什么？”

“一场可怕的事故……”女人并不想再多说什么，她默默低下了头。

此时，天佑再也忍不住了，说道：“如果那个孩子没死呢！”

她慢慢走上前站在女人面前，哽咽道：“小姨，是我，梁……依……诺。”天佑生硬地念出了这个名字，熟悉又陌生的名字。

“什么？”女人很震惊，不敢相信，她一面摇着头，一面用双手轻轻托起天佑的脸庞，不停地看着、看着。

“小姨，是我，真的是我，梁依诺！我没有死！我还活着！”

“诺……诺……”女人的眼泪止不住地掉了下来。

“诺诺！诺诺！真的是你？你还活着！”女人激动得一把把天佑抱在了怀中。

“诺诺……”阔别已久的亲情，终于在两人紧紧的拥抱和声声呼唤中融入了血脉，泪水肆无忌惮，像要把这十几年背负的痛苦冲刷个痛快！斜阳把整个院子涂满了温暖的橘红色，美好得让人动容，让人心疼。

“快进来，进来说！”

小姨把两人请进了屋，坐在了堂正中的八仙桌前，她仍然紧紧抓着天佑的手，不想松开。

“十七年了……诺诺，十七年了……告诉我，都发生了什么！告诉我，都告诉我啊！”小姨轻轻托起天佑的脸，为她擦掉了眼泪；天佑也伸手，为小姨擦了眼泪。两人终于破涕为笑。

天佑抚平了情绪，和小姨慢慢讲起了种种的经过。

听着听着，小姨气愤地站了起来：“当年，我就没收到任何通知！因为很长时间跟我姐联系不上，出于担心我才匆忙赶到北京。家里没有人。我找到了你的叔叔梁化光，他告诉我，飞机失事，你们一家三口全死了，全死了！”

天佑叹了口气，安抚着小姨坐了下来。

“而且他告诉我，后事都办完了，什么都不剩了。只剩……”

“只剩什么？”

“他交给了我三只骨灰盒。”小姨难过地又流下了眼泪，“我就这样捧着姐、姐夫和你的骨灰盒回来了。现在想想，你的那只里面应该是什么别的东西。”

司辰忍不住骂道：“这个梁化光太可恨了！真是什么事都做得出来！”

“所以，我的爸妈，他们……葬在了这里？”天佑问道。

“是的，就在这片山坡后面。”小姨目光转向了门外。

“这，也是你们没有搬到新村子的原因吗？”

“嗯。姥姥舍不得离开太远，她总说，你们得随时回家来，这家不能搬！唉，当年你们出事真的给她的打击太大了，从那以后，她精神状态越来越不好，总自言自语地念叨着……这么多年了，没想到啊，还真把你念回来了！”

小姨顿了一下，擦干了脸上的眼泪：“来吧，好好见见你的姥姥吧！”

小姨拉着天佑来到了里间，老人仍坐在轮椅上，嘴里还在轻声地念叨着：“回来了……回来了……”此刻的她嘴角挂着微笑，慈祥而平静的微笑，一双迷离的眼睛此刻也放出了光。

天佑跪在老人的膝下，再次握住了那双苍老而温暖的手。这么多年……很难想象，这位老人是如何承受着白发人送黑发人的痛苦，又是多么执着于这份令人煎熬的漫长守候……

天佑心里百感交集，一阵心酸。她低下头，把脸轻轻倚在了老人的腿上，仿佛全世界都静止了，她就像个孩子一样静静地依偎在姥姥身旁，含着泪，露出了幸福的微笑。

天色渐渐晚了，屋里亮起了灯。此时从大门外传来一声呼唤：“妈，姥，我们回来啦！”接着就是啪啪的脚步声。一个十几岁的男孩冲进了屋，紧跟着一个中年男人也笑嘻嘻地走了进来。

两个人看到了天佑和司辰，很吃惊：“哇，难得啊，家里居然有客人！”

小姨赶紧上前跟天佑和司辰介绍道：“这是我爱人和孩子，也就是你的姨父和表弟。他们在县城里工作、上学，隔几天就会回来一趟。”

“姨父！弟弟！”天佑微笑着打招呼，两个人却被弄蒙了，呆呆地站在那儿，应和着点了下头。

小姨对天佑和司辰说道：“回家了，今晚就踏踏实实在家住着。饿了吧，我这就去多炒几个菜！”然后拉拉男人的袖子，“一句话说不清。来吧，跟我做饭去，我慢慢给你讲！”

“儿子啊，跟你姐姐好好聊聊吧！”小姨吩咐完，就笑呵呵地和男人走出了屋子。

男孩把书包往桌上一扔，挑着眉问天佑：“你是我姐姐？哪个姐姐？”

“我是林依诺！”

“林……依……诺？”男孩使劲琢磨着，突然惊叫道：“那个墓碑上……天啊，你怎么从坟里爬出来啦！”

这句话把天佑和司辰都给逗乐了，天佑轻声回复道：“弟弟，我没有死。”

男孩噘着嘴抓了抓脑袋，又冲向司辰问道：“那你又是谁？我姐夫吗？”

司辰和天佑尴尬地对视了一下，笑着回答道：“很快就是了！”

男孩似懂非懂地“哦”了一声后，马上就引入了他喜欢的话题：“你们知道奥特曼吗？你们最喜欢谁？赛文奥特曼，还是迪迦奥特曼？钢铁侠知道吗？有很多装备的……”就这样，一场关于动画片的讨论在三个人中间激烈地展开来。

“吃饭喽！”随着小姨一句热情的招呼，一盘盘热菜被端上了桌子，男孩跑回里间，推着轮椅把姥姥迎了出来，姨父拿出了珍藏多年的好酒，斟满了酒杯。

屋里、院里所有的灯都被打开了，灯火通明，像是回到了艳阳高照的午后。灯光下，大家围坐在了八仙桌前，姥姥颤颤巍巍地拿起筷子，夹起的第一口菜就放在了天佑的碗里，笑着念叨：“回来了……回来了……”

小姨也夹起了一个鸡腿放在了天佑的碗里：“诺诺啊，你终于找到家了，这儿永远都是你的家！”然后又笑嘻嘻地给司辰也夹了一个。

姨父举起了酒杯：“来吧，孩子们，为这难得的重逢！”与天佑、司辰碰杯后，自己痛快地一饮而光……

这像极了一场团圆的年夜饭，每一口饭菜都喷香，善良又热情的一家人给天佑带来了久违的温暖，家的温暖。天佑笑了，朵朵灿烂的烟花绽放在了她的心里，璀璨而明亮。

片刻后，天佑端起了一杯茶，起身走到门口，望向幽蓝的夜空：“这就是我的亲人！我找到他们了！我找到‘家’了！您放心吧！”说着，天佑把茶洒到了地上，一滴眼泪从脸庞滑落。

司辰慢慢走到身后，抚了抚她的肩，轻声说："瞎婆婆会看到的，她会为你开心的。"

夜色渐深，老人和孩子都睡去了，司辰带着醉意，在姨父的招呼下也去休息了。这个小院又恢复了宁静，听得到"窸窸窣窣"的虫鸣在周围响起。一轮明月像把夜空烫了个洞，幕布上嵌满了点点碎钻闪烁不停。

小姨拉着天佑的手来到院中，指着东边的厢房说道："那里便是你妈妈当年的房间，你小的时候跟着你爸妈也在这里住过，当然，那时候你太小，应该记不得什么了。"

天佑慢慢走上前，轻抚着棕红色的木门，像是在用手的温度帮她唤醒儿时的记忆。

"这个房间什么都没变，还是当初的模样。虽然此前遭过一次贼，但也没丢什么东西。我隔段时间就会来打扫一下，今晚你就睡这里好吗？"说着，小姨打开了门上的铜锁，轻轻推开了房门。

一盏暖洋洋的灯被点亮，房间里立刻散发出奇特的魔力，一瞬间，天佑有种回到仙居林阁楼里的错觉。只见房间里挂满了各种色彩强烈、笔触超然的画作，大大小小，几乎布满所有空隙。几件深红色木质家具恰到好处地成了背景色，衬托着绚烂缤纷。整个房间就像万花筒里的美妙世界，让人心潮澎湃。

天佑吃惊地站在门口，久久不敢往里迈。小姨微微一笑，把她拉进了屋。

"这些都是你妈妈的作品。虽然她上大学时就去了北京，后面也很少回来了，但只要她回到这里，还是会不停地画呀画的。这可能就叫作热爱吧！”

天佑缓缓地走到每幅画前，端详着。这些画风格多变，显然是不同时期的作品，或悠然自得或奔放洒脱。画的多是静物和风景，小到一束花，一盘水果，大到一间房、一个院、一座山，露珠闪耀的草地、饱满游动的彩云，通透多变的霞光，璀璨无际的星辰……所有的一切都让天佑感受到自然的美和强大的生命力。

是的，这里每幅画都透露着“热爱”，对色彩的热爱，对自然的热爱，对生活的无尽热爱！

天佑走到一张桌子前，桌子上摆放着一幅小尺寸的油画。这幅画跟其他画的内容不太一样，这里画了一个小女孩，笔触极其细腻用心。小女孩正站在一片向日葵花丛前，她闭着眼睛仰起头，像是在感受阳光的抚摸，面庞清透，亮黄色的连衣裙泛着暖暖的橘红，一双白色的帆布鞋像是白雪公主的水晶鞋一般，正带着她在暗红的土地上翩翩起舞。女孩的颈间戴着一条项链，并没有雕琢细节，但从色调和轮廓看，很像那条向日葵项链。

天佑轻轻拿起这幅画，捧在手里不禁激动起来，这里面画的难道是……

“这是你妈妈留在这里的最后一幅画！”小姨哀叹道，“就在出事前不久，你妈妈独自一人回到了这里，像是有什么心事，把自己关在屋里几天，画出了这幅画。我想，这画的应该就是你吧。她真的很爱你呀！”

“好了，诺诺。以后有的是时间慢慢看这些，今天太晚了，早点休息吧。”小姨给了天佑一个拥抱，微笑着走出了房间，轻轻关上了房门。

房间里静得只剩自己的呼吸声，天佑久久不愿睡去，她用手抚摸着房间里的每一件家具，每一个摆设，每一个画框。逝去的人，逝去的岁月，在每一件物品上都留下了深重的痕迹和让人心碎的故事。她感觉自己像是在与故去的母亲对话，在与自己的童年，哦不，是在与自己的“前世”对话。

天佑慢慢拉开了抽屉，里面静静地躺着一本老旧的相册，天佑轻轻抚摸着绒质的封面，却几番迟疑不忍翻开，只怕一翻开就看尽了一个人的一生，被噩梦骤然截断的一生。

挣扎许久之后，天佑终于翻开了相册。里面的女主角好美啊，干净清秀，大眼睛闪烁着灵气，从学生时代到工作场景，到家庭合影，几乎每一张照片里她都是笑着，那笑容犹如沐雨的桃花，让看到的人都不禁嘴角上扬。天佑拿起桌边的一面小镜子，看着镜子里的自己，眼眶热了。

天佑接着翻看相册，在后面几页她看到了他们一家三口的合影——妈妈、爸爸和儿时的自己。有拉手学步的，有抱在怀里看书的，有亲吻小脸的，还有妈妈教自己画画的……简单的几张照片，无不透露着爸爸妈妈对自己无尽的宠爱和一家人满满的幸福。曾经的种种美好，均被定格在了这几张薄薄的纸片中，再也生动不起来。

“如果……如果没有当初那场可怕的事故……”天佑再也忍不住了，感动、遗憾、苦楚交杂着敲打她的心，眼泪不禁掉了下来。

一滴眼泪落在了相册的照片上，天佑慌忙用手去擦拭，突然，她感觉到有什么不对劲，这页要比其他的厚一点。她轻轻搓起照片，原来下面还藏着一张照片。天佑好奇地把下面的照片拿了出来。

照片像是在一个公园里拍的，背景是座假山，上面的女人是自己的妈妈，在她右边站着三个年龄相仿的男人，第一位是自己的父亲，另外两个人天佑并不认识。其他人都笑着看向前面的镜头，只有最右边的一个男人扭头看向左边，可能是由于拍照时头在扭动，脸拍得有点儿模糊。

照片上没有日期，但从爸爸妈妈的容貌上看，应该是更年轻一些的时候。

“这张照片为什么要藏起来呢？”天佑敏感地觉得，这张照片的背后似乎有什么状况，但目前也看不出什么端倪。她看了看，轻轻把照片放回了原位。

合上相册，一阵困意袭来，天佑躺在床上很快就睡着了。

这一夜，她像是躺在母亲的臂弯，睡得安稳香甜。

清晨的阳光从窗外投射进来，天佑慢慢睁开了眼睛。被阳光照射的房间绚烂夺目，每幅画都像是有血液在流淌，生机勃勃。

天佑起身，揉了揉眼睛，不禁再次端详起屋内的每一幅画，不仅是学习母亲作画的技巧、笔法，更是用心体会着每幅画作中流露的情感，她想要更深刻地读懂母亲。

当她再次拿起母亲留下的最后一幅画时，心里不禁怦怦跳了起来，这幅画表面呈现得阳光而美好，但她体会到一种莫名的压抑和不安。画中的女孩并不是无忧无虑的，而是孤独黯然的，与花为伴，独自舞蹈，可是身下的影子却有三个，这并不合理；女孩脚下的土地用了一种浓重的暗红色，如同干涸的血色一般透出恐惧感；向日葵，为何又是向日葵呢？上面的每朵花都画得极有张力，如燃烧的火焰一般强烈，甚至是刺眼……

“妈妈，您当时是有什么心事？您想跟我说什么呢？”直觉告诉天佑，这幅画不简单，里面隐藏着母亲留给她的什么信息。

她把画拿到窗边阳光下，仔细地看着画中的每一个细节。突然，她发现在画中的那片向日葵中，有一只花盘的用色不太对。其他的花盘均是用不同明度和纯度的黄色、红色进行调配，但这朵花中还加入了淡淡的蓝。就是那一点点蓝色的调和，使这朵花像是蒙上一层藕荷色的纱，非常轻薄，要不是对色彩极其敏感的人是很难发现的，昨晚在幽暗的灯光下天佑也没注意到。

是的，这一点点蓝是特意加入的，在整个花丛中仅有这一朵，与众不同。

正当天佑入神地琢磨时，敲门声“当当”响起。

“诺诺，起来了吗？”小姨笑嘻嘻地走进了屋。司辰也跟着走了进来，瞬间被这一屋子的画震惊了，不断地扫视着周围。

小姨说道：“昨晚睡得好吗？我做了早饭，快来吧！”

“小姨，妈妈的这幅画，可以送给我吗？”天佑双手捧起了画，急切地问道。

“孩子啊，不用说‘送’，它本来就是属于你的。这个屋子里的所有东西都是属于你的！”

“嗯，谢谢您！”天佑轻轻拥抱了一下小姨，匆忙从画具箱里翻出了一把小刀。

“孩子，你要做什么？”小姨不解地看着她。

只见天佑把画平放在桌子上，拿起小刀轻轻地刮着画中那朵与众不同的向日葵。她小心翼翼地把油彩一点一点、一层一层刮开……直到露出画布。

两行小黑字豁然显现了出来：

晋延55941

51655

啊！怎么会有字？这两行字代表了什么？为何要如此隐秘地藏在画中？

三个人都愣在了那里，吃惊地看着画。

“这是妈妈故意留下的，她到底想告诉我什么？”天佑自言自语道。

小姨也盯着字看了半天，琢磨着：“这数字跟咱家也没什么关系呀，也不是门牌号，也不是电话号码，也不是谁的生日或纪念日……像是什么密码……”

司辰突然想起什么，说道：“天佑，你还记得梁化光曾说过，你父母出事前不久，曾把家里的财产变卖，买回了一件重要的东西……这会不会与那件东西相关？”

天佑想了一下，微微点了点头：“而且此后不久，父母便出了事，我也差点被……”天佑的心里越发紧张，她感觉到这一切必有关联，难道父母的死另有隐情？她也进一步相信自己的直觉——祖老师保护自己而死的事故不是一场意外！这背后像藏着一场巨大的阴谋！

画中这两行字代表了什么，寻找的东西到底是什么，现在还不得而知，但天佑已经知道自己接下来要做什么了。“找到它，找到它……”冥冥之中的那句呼唤，定是母亲在催促着她一步步找出答案，找到真相。

"小姨，能带我去看看爸爸、妈妈吗？"天佑轻轻牵起小姨的袖口。

"嗯，是该带你去看看他们了！"

天佑和司辰跟随在小姨的身后，走出小院，走出破败的老村，来到山坡的另一侧，转弯便看到一大一小两座灰白色的坟墓凄凉地立在几棵树下。

小姨快走几步上前，从兜里掏出一块大方布，连忙盖在了那个小的墓碑上。

"回头，我就找人把这个墓给拆了啊。"小姨说。

天佑走上前，轻轻把布拿了下来。"梁依诺之墓"几个字工工整整地呈现在了墓碑上。

天佑淡然地抿了下嘴："留着吧，会用到的。而且，我感觉自己已经死过不止一次了。"

"傻孩子，说什么呢！忌讳，忌讳！给我好好活着！你流着你爸妈的血啊！"小姨从天佑手中拽下布，再次盖在了墓碑上。

天佑走到那座大的墓碑前，"冯依曼、梁化呈"两个名字并列刻在石碑上，字上金色的涂料已有残落，变得暗淡无光，但字刻得很深，很深，成了永恒。

深深地鞠了三个躬，天佑把手轻抚在墓碑上，这是她离爸妈最近的时刻。昨晚相册中的影像凝成了两个活生生的人，她看到爸爸妈妈正手牵着手站在不远处，一起对她微笑着，笑容亲切温暖，像是在召唤她过去。她刚想迈步，突然，一个穿着黄裙子小白鞋的小女孩穿过自己的身体，径直跑了过去，想要去抓住爸爸妈妈的手，而到了跟前，妈妈却突然把她推倒在地，摇了摇头。爸爸妈妈转过身，头也不回地走远了，消失了，空留小女孩一个人呆呆地坐在地上抽泣……

“天佑！天佑！你怎么了？”看着发呆的天佑，司辰走上前，赶忙把她的手从墓碑上拉了下来。

“啊！我怎么了？”天佑的头又是一阵痛。

09

<草绿>

晋延 55941

司辰收到了司宇发来的一条信息，上面只有两个字：“小心！”

一阵风吹过，几片树叶悠悠落在眼前，天佑回过了神，她对着父母的墓碑说道：“爸、妈，我知道，你们还有事情要我去做！我会尽力的！”

天佑的头痛症越来越频繁，她脑中的残片一直像一枚不定时的炸弹，让司辰非常揪心。司辰紧紧拉着天佑的手，说道：“天佑，就到这里好吗？身世已经清楚了，家人已经找到，我们不要再继续查下去了！”

无数星光在天佑的眼中闪烁：“你觉得到此为止，我会安心吗？”

天佑的手又握在了颈间的向日葵吊坠上，花瓣在手掌间的每一点压痕都像是父母在与她对话，妈妈留在画中的信息，更让她背负上一个重要的使命，去破解前方那个未知的谜题。

“这不是结束，只是开始！”天佑坚定地说，她转过头对着司辰微微一笑，“我不会有事的，放心吧！”

回到老屋，天佑找出妈妈留下的画笔和油彩，小心翼翼地把这幅至关重要的画作修补回到最初的样子。此时，画中每一个细节早已深深刻在天佑的脑子中，挥之不去。

“这幅画就留在这里吧！”天佑轻轻地将画摆回了原来的位置，画中的小女孩继续在向日葵花丛中舞蹈着，舞蹈着……

天佑从妈妈留下的相册中，取了张他们一家三口的合影，小心地包好放在了身上，同时把那张隐藏的四人照片也一同带上了。

“小姨，我还有事情要去做。等做完了，我就回来看你们！”

不舍地告别了姥姥和小姨一家，司辰和天佑一路未停地回到了北京。

一进旅店，他们立刻拿出电脑，开始搜找起信息。

“晋延”——画中藏的仅有的两个汉字，代表什么呢？是人名？还是地名？后面的那些数字，是编号？密码？或是什么别的意义？他们查找了有关梁化呈和冯依曼的各种新闻，但网上能查找到的信息实在有限，更找不到跟那两段字有任何关联的事情……

两天过去了，他们的调查毫无头绪，就如同站在神秘房间的入口，手里拿着钥匙，却找不到锁在哪儿。

“要不我们还去找孙哥帮忙吧！”司辰建议道。

天佑想了一下，认同地点了点头。

司辰打通了孙瞳的电话，约他在一个咖啡厅见面。

一见面，孙瞳便先开口：“怎么样？认亲顺利吗？”

“嗯，很顺利！”天佑和司辰一同点了点头。

“那……还需要我做什么？”孙瞳用一种期待的眼神看着他们。

“天佑，那行字……”司辰示意了一下天佑。

天佑在纸上写下了“晋延55941”几个字，犹豫了一下，递给了孙瞳，说道：“这几个字与我的父母有关，我想知道它代表了什么。您能帮我查一下吗？”

孙瞳看着手中的字条，突然挺起身，瞪大了眼睛：“这个，你从哪里发现的？”

“母亲的遗物中。”

“遗物？在她老家？”孙瞳带着一种惊讶的表情，迟疑了一下，接着问道，“是……只有这个信息吗？”

司辰刚想开口补充，被天佑抢先回答：“您先帮我查这个就好，谢谢。”

孙瞳瞟了一眼天佑，目光又转向了字条，若有所思地说：“这两个字，我好像在哪儿见过……”

“是的，我想起来了！”

“您想起什么了？”天佑急迫地问。

“这是一家私人博物馆的名字！”孙瞳接着说，“现在的名字叫‘普延博物馆’，但很多年以前没那两个点，就是叫‘晋延’！”

“博物馆？那后面的数字……会不会是藏品编号？”

“很有可能！”孙瞳回答。

天佑带着几分怀疑地看着孙瞳：“博物馆……藏品……倒是有这个可能。但是……您是怎么想到的呢？这个博物馆跟我爸妈有什么关系呢？”

孙瞳叼起了一根烟，一股烟圈从嘴中吐出：“我前段时间帮你查身世的时候，查到了不少关于梁化呈的信息，他有一个旧友，叫黄锋，这座晋延博物馆便是他开的。这……算有关系吗？”

“旧友？黄锋？嗯嗯！”天佑点点头，急切地问，“这座博物馆在哪里？”

“晋——山西！具体地址，我回去查一下告诉你。”

天佑带着渴望的眼神，转头看向司辰，司辰立刻心领神会：“去！我陪你！”天佑欣慰地点点头。

看着两人情深意切的对视，孙瞳把头低了下来，深深地吸了口烟，把烟蒂狠狠地在烟灰缸里按了又按。

告别了孙瞳，天佑和司辰走出了咖啡厅，司辰感慨道："这位孙哥真是厉害啊，不愧是以前干调查记者的，这能力，我感觉他都可以去当警察了！"

天佑心里反倒有些不安，她喃喃地说："他为什么这么帮我们？"

"要说是跟我哥的情分，我不太信。钱呗！我哥肯定给了他很多钱！我说了吧，我哥对我可好呢！"

说话的工夫，司辰的电话响了，他低头一看："哈，我哥一定听到我在念叨他了。这就把电话打来了！"

司辰笑嘻嘻地接起了电话："喂，哥，忘了跟您汇报了，我们已经回北京了啊！"

"司辰，回家来！爸要见你！"电话那边一个严肃的声音传了出来。

"哥，我还不想回呢，再过些天吧。"

"什么过些天，那姑娘的身世不是已经查到了，你现在马上回家！"

"哥，真的还有些事情需要继续去查。我们要去趟山西。"

司宇的语气突然强硬起来："让你回来就回来，别逼咱爸派人去绑你！"

司辰嘴一噘，无奈地挂了电话，拉起天佑的手说："先跟我回家一趟吧，不会耽误太久的。"

"要不，我还是在旅店等你吧。"天佑有些犹豫。

“没事的，一起去吧，见见我父亲！”司辰坚持着。

一幢气派的老式别墅出现在眼前，司辰的家到了。浅灰色的外墙，嵌着白色的窗格，给人一种素雅的感觉。

司辰抬起头，深吸一口气，拉起天佑走上前来。

门开了，司宇表情严肃地把两人迎了进来，瞥了眼天佑，对司辰说道：“她怎么也来了？”还没等司辰回复，接着说道：“算了，你先跟我上楼去，爸正在书房等你。”

司辰拉着天佑的手，领她坐在了客厅的沙发上，温柔地说：“等着我啊，我先上去一下。”转身便和司宇向二楼走去，还不忘回过头对天佑顽皮地挤了一下眼。

天佑忐忑地坐在那里，打量起这个豪华气派的大客厅，一股优雅的法式气息扑面而来：四处充满了流动的线条和细致的雕花，奢华灵动的白水晶吊灯熠熠生辉；曲线的楼梯、极富艺术感的铁艺围栏一直延伸到二楼的廊台；点缀鎏金曲线的浅木色家具典雅柔美，四周还摆着很多异国风格的装饰摆件；墙壁是清冷的铅白色，几幅淡色的挂毯调剂着整个空间的色调……虽然整体陈设都显得有些陈旧，但还是难以遮掩它们的艺术气息。

这时，挂在角落的几幅画引起了天佑的注意。

其中有一幅素描，天佑一眼便辨认出来，是临摹的凡·高的《天蚕蛾》。在洁白的画纸上，一只硕大的黑色蛾子突兀地趴在那里，两只触角向前探着，身上的花纹如同魔鬼的眼睛，透着优雅又残酷的美。这幅素描画面简单却能给人足够的震撼，是一种对生命的歌颂。

天佑将视线移向旁边，另一幅油画更加吸引她的目光：深紫的底色上用鲜红色的线条勾画出一个双手交叉、低头祈祷的女人，女人眼睛低垂，面无血色，像幽灵般浮于纸面，在她身后是一座云雾缭绕的深青色的山，云是乌黑色的，带着很强的压迫感，山下几棵苍老的松柏伸出魔鬼手臂般的枝丫……整幅画使用鲜明的浮世绘风格，色调阴郁，画风诡异，与这个房间浪漫明亮的法式风格很不协调，甚至透出一种被诅咒的感觉，让人望而生畏。

这幅画尺寸很大，画框也厚，却挂在了一个较为狭小的角落里，很是逼仄。天佑起身慢慢走向前，她看到刻画女人的红色线条落笔非常用力，就像在刺开伤口一般，在女人的胸口位置还文有一朵小花……

当天佑想更仔细去看时，楼上“嘭”的摔门声打断了她。是司辰，他气呼呼地跑了下来，还不等天佑问什么，拉起天佑的手就向门口冲去。

匆忙间，天佑扭头向二楼望去，正巧与一双眼睛对视，那是双愤怒的眼睛，冒着火焰一般狠狠地瞪着天佑，把她吓了一跳。

天佑被司辰拉着跑出了门外，他们截了辆车，驶向旅店。

“怎么了？跟你父亲吵架了？”天佑关切地问道。

“他不让我跟你去山西，让我就此跟你分手！哼，他还没见过你，不认识你，就做出这样的决定！霸道！永远都是那么霸道！”司辰愤愤地抱怨着。

他紧紧拉住天佑的手：“天佑，放心，无论如何，我都不会离开你，我会陪你完成你想做的事，然后……然后娶你！什么也阻挡不了！谁也阻挡不了！”

看着司辰热烈真挚的眼神，天佑内心很混乱，半天说不出话来。是的，天佑知道自己是爱司辰的，深切地爱着，他就如一道光温暖着她的生命。可是，天佑对自己没信心。因为她总有种难以言表的不祥预感，像是有什么东西时不时会冒出来扭曲她的心智，抽打她的躯壳，审判她的将来。并且从现在的情势看，他们的交往遭到司辰父亲的反对，他们未来的难关还有很多很多……

天佑不忍地避开了司辰的眼神，把头扭向了车窗外。

这时，司辰收到了司宇发来的一条信息，上面只有两个字："小心！"

司辰感到莫名其妙，嘟囔了一声："我哥咋这么啰唆了！"不屑地关掉了手机。

天佑和司辰从孙瞳那里拿到了地址，便立即出发，坐上了开往太原的火车，直奔"晋延"而去。

在太原市近郊一个偏僻的街道旁，一幢U字形的棕色二层楼矗立在一个用粗糙的铁艺栅栏围成的院子里，院门口一尊"飞天"造型的石雕拱门不太协调地站在那儿"迎宾"，"普延博物馆"几个掉了漆的金色大字就写在拱门之上，在晌午阳光照射下，显得斑驳而陈旧。

"就是这里了！"

天佑和司辰向大门走去，刚想进入，却被门口保安拦住了："买票！"

"我们找黄馆长。"

"找谁也没用，先买票！"

再一看售票处的牌子上"290元/人"，这票价，还真有点儿"来一个，坑一个"的架势。

“馆里藏什么宝贝了？门票这么贵！”司辰嘟囔了一声。

话音刚落，旁边噌地蹦出一个中年女人：“咱这馆里当然都是宝贝了，而且还都有故事，我是这儿的讲解员马姐，200块，我带你们好好参观一番，怎么样？”

司辰和天佑默契地对视了一下，微笑地回答：“好呀！”

买了票，天佑和司辰跟随着马姐向馆里走去。

“请问，这个馆是什么时候建的？”司辰问道。

“咱这个馆可有年头儿了，快二十年了。”

“这个博物馆改过名字？”

“嘿，这你都知道？是的，刚建馆的时候叫‘晋延博物馆’，没过两三年，就给改成了‘普延’，一直用到现在。若不是我这样的老员工，可不知道这事儿！”

“当初为什么要改名呢？”

“这得问老板了，我还真不清楚。”

推开一扇吱扭作响的大玻璃门，他们走进了一层展厅。展厅里冷冷清清，看不到其他的游客。陈列的展品多是些明清瓷器，民窑的实用器和回流的外销瓷为主，认真地走了一圈，也看不到什么价值不菲的藏品。不过，在马姐的描述下，这些瓷器确实各有各的故事，这件是哪个地主家小姐用的，那件是哪个王爷府抄家的遗物，那件又是什么外国皇室的珍藏品……马姐讲得声情并茂，但天佑和司辰听不到任何跟那个数字有关的信息。

在马姐的指引下，他们又走上了二楼，这里的藏品和一层大不一样，绘画、雕塑、织品、银器……展品类型丰富了许多，并且都是西方的艺术品，一看就是从海外淘来的，都很有年代感。可以欣赏欣赏，但要说哪件有什么特殊意义还真是看不出来。天佑仔细地看着每一件藏品，感觉有些失望。

天佑向马姐问道：“请问这些藏品哪些是十七年前就在馆里的？”

马姐皱了下眉，回答：“十七年前？我第一次听到这样的问题……这些展品基本都是建馆时候就有的，过一段时间就从库里换一批展示出来。后面……好像没多少新来的藏品。”

天佑接着问：“那请问这些藏品都有编号吗？”

“编号，有啊。咱每件藏品都得建档管理的。”

“请问编号55941的是哪件？”

“55941？”马姐想了一下，“应该没这样的编号呀，咱馆里的藏品也就几百件，至多不过一千件，哪会有五位数的编号。”

“没有？那您是否能想到有什么藏品跟这个数字相关？”

“跟数字相关？”马姐使劲琢磨了半天，“没有，我想不到什么……你们这是在找啥？”

“哦，没有，没什么。”天佑停下了这个话题。

司辰接着问道：“我看这馆，位置偏，东西也没啥惊艳的，门票还卖那么贵，能有多少人来参观啊，不怕哪天关门吗？”

“呦，小伙子，一看你就不懂啊。搞收藏的，哪儿是靠这点儿门票赚钱的？而且，老板还有别的生意，不差这点儿。”

“什么生意？”

马姐向左右看了一下，神神秘秘地说：“其实，咱这博物馆下面，有个私人保险库，一些有钱人把重要东西存这里，老板收保管费一年就有好多钱呢！这博物馆就是个摆设，老板留的一个念想而已！”

马姐的这句话立马刺激到天佑和司辰的神经：“我们怎么去保

险库？”

“哎哟哟，那地方不是普通参观者能进的，每个客户都是老板亲自接待，要预约的！”

“老板？就是黄锋吗？”

“是呀。”马姐越发好奇眼前这两个年轻人的来意，警惕地说，“你们到底是干啥的？”

司辰说：“我们想见黄锋！”

“你们在打什么主意？老板不是你们想见就见的！”

看到马姐的态度变得强硬，天佑放缓了口气，说：“马姐，是这样的，我父亲是黄老板多年的好友，我今天来是有些事情想跟他请教，您能帮忙引荐一下吗？”

马姐犹豫了一下，问天佑：“你父亲叫什么？”

“梁化呈！”

“好吧，我帮你去问一下，要是黄老板想见就见了，不想见，你们就早点走吧。”说着，马姐喊来了一旁的保安，嘀嘀咕咕了几句，保安转身便往楼下走去。

没多久，那个保安匆匆忙忙地跑了过来：“黄老板要见你们，快跟我来吧！”

保安把他们带到一层一侧的角落，有一个门通向办公区，一位上了岁数的男人已经在门口等候了。见到天佑和司辰走过来，男人兴奋地迎了上去，一把握住天佑的手：“你就是梁化呈的女儿？真的是他的女儿?！真的是吗?！”

说着，男人就把天佑和司辰拉进了通道，一直招呼着走进最里面的一间屋子，关上了门。

这是一间普通的办公室，一个老板桌、一个落地的大书柜、一个茶几、一个长沙发和几盆花草，也就没什么别的东西了。

再看这个男人，五十多岁的样子，圆脸，微胖，头发半白却抹得油光锃亮，一件中式亚麻衬衫显得人挺精神，只是有一只眼睛总是一挤一挤的，似乎有什么毛病。

男人热情洋溢地招呼天佑和司辰坐下，就折腾起茶几上的茶盘，烧水，倒茶，紧忙活。

天佑问道："您就是黄锋，黄老板？"

"哎，叫什么老板呀，叫叔，黄叔！"

黄锋给天佑和司辰各递上了一杯茶："丫头，你怎么这么晚才来找我，这么多年了，我以为你都……"

"死了？"天佑接了话。

"哎……哎……哪儿的话，活着就好，活着就好。"黄锋呵呵笑着，又不自觉地挤了挤右眼。

"黄叔，当年您跟我父亲是好朋友？"

"那是相当好的朋友啊！上学时一个宿舍的，我们关系最好，经常一起打球，一起逃课，一起偷喝酒。哈哈，后来毕业了，没过几年我们又一起搞收藏，上山、下乡，出国，哪儿都去。就这馆里，有好些物件都是当年跟你父亲一起出去倒腾回来的。"

黄锋嘬了口茶，接着说道："他最信任我了，啥都跟我聊，真是无话不说的那种'铁磁'！知道嘛，你爸妈结婚的时候，我可是伴郎，这能是一般关系嘛！你小的时候，我也常去你们家做客。唉，不过那时候你太小，肯定记不得什么。"

黄锋兴高采烈地说着，天佑猛然觉得这个人好像在哪儿见过，她琢磨了一下，突然想起来，在母亲相册中那张藏起来的合影里，站在父亲旁边的男人不就是他嘛！虽然那时还很年轻，但大体模样错不了，看来他们还真是老朋友了。

黄锋顿了一下，突然仰面朝天，操着一口哭腔说道："唉，真是可惜了，天妒英才，发生了那样可怕的意外……这么多年过去了……化呈啊……我的好兄弟呀……我好想你呀……"

黄锋用手指蹭了下眼睛，低下头，给天佑斟满了茶杯："姑娘，你爸妈不在了，有我啊，我就是你叔，你亲叔叔，有什么事都跟叔说！"

天佑礼貌地回复了一句："谢谢您，黄叔。"

看到如此重情重义的黄叔，司辰感到十分欣喜，因为天佑又多了一个可以关照她的长辈了；但天佑心里感觉这个人的表现有那么一点做作，让她觉得很不舒服。

两杯茶后，黄锋带着几分试探地对天佑说："刚才听他们说，你今天来找我是有什么事？"

天佑迟疑了一下，说："黄叔，我们之所以能找到您，是因为母亲在遗物中留下了'晋延'这个名字，还有一些数字，我想我父母是不是有什么东西留在了您这里？"

"啊……有的！有的！"黄锋突然变得非常激动，眼睛瞪得溜圆。

"是什么呢？"

黄锋立马站起身，迫不及待地说道："你们随我来！"

10

<钴蓝>

S号金库

“妈妈，您回来了！我这就把门开开！”

黄锋疾步走到书柜旁边，打开了一扇玻璃柜门，把里面摆放的一只地球仪拨转了几圈。突然，嚓嚓，整个书柜沿着墙向一侧平移了过去，后面露出了一扇黑色的铁门。

天佑和司辰一惊，这不就是各种电影里常常出现的情景吗？这个看似普通的办公室竟藏着这么大的一个机关，想必这个门就是通向地下保险库的了。

黄锋顺着裤腰上拴着的一根粗粗的链子摸索到裤兜里，掏出了一把钥匙，打开了铁门，门后出现了一段幽暗的楼梯，向下延伸了过去。

黄锋“啪啪啪”地拍了几下手，瞬间，从办公室外面跑进来四五个黑衣人，和保镖一样站了一排。

黄锋扭过头，对着天佑和司辰撇嘴一笑：“来吧！”

天佑和司辰跟随着黄锋，前后簇拥着黑衣人，一同走下了楼梯，来到了一道安检门前。其中一个黑衣人走上前来，要求他们把背包、手机等随身物品都交出来。

看到二人有些迟疑，黄锋笑嘻嘻地说：“交一下吧，这是我们这儿的统一规定。”司辰和天佑看了看黄锋，照做了。

黑衣人又上前拿着安检棒在他们身前扫了一通，这番操作像极了机场的安检过程。

终于通过了安检通道，一间金属质感的厅堂出现在了眼前，透着白煞煞的光。

厅堂正前方是一个接待台，厅堂后面的墙壁上一个大大的圆形金属门如同科幻电影中宇宙飞船的舱门一般，透着神秘。厅堂侧面有一个监控室，四周还有很多摄像头和防火防水等警报设置。几个黑衣人，表情严肃地站了一圈。

黄锋用手在空中画了一个曲线，得意地说："这里就是我家的保险库了。跟地上的两层楼一体浇筑而成，各项设施都是最先进的，绝对安全，一只蚂蚁都别想从这儿偷爬出去！"

天佑环顾了下四周，问道："黄叔，当年我的父母在您这里存放了什么？"

黄锋冷笑道："我不知道，你自己找出来看吧！"

"什么意思？"

"你的父母来我这里存东西，那他们就是我的客户。按我们这儿的规矩，我只管租柜子，客户往里面存放什么，可以不告知我。只要他不要求保价，天知道他们放了什么！"

"那请问我如何进去找？"

"这我倒是可以帮你。"黄锋走到了圆形金属门旁，把手掌按在了识别机上，随着"滴"的一声，圆形的金属库门打开了一道缝。黄锋用力拉开了这扇厚重的大门。嚯，目测这门的厚度足有一尺，防火防爆能力可想而知！

天佑和司辰跟着黄锋迈进了大门，身后有两个黑衣人也紧跟着进来，随之把大门关上，一左一右门神一般站在天佑和司辰两边。

眼前是一个横向的廊道，在正对的墙壁上，有着相同模样的五个金属小门，分别挂了牌子——"1号金库""2号金库"……一直到"5号金库"。

天佑扫视了一下，向着5号门径直走去："黄叔，是这里吧？"

黄锋眼睛一亮："是的！"

"这道门您能打开吧？"

黄锋笑笑说："可以，这道门可以。"说着，上前用另一只手按在了识别机上，门开了。

这是一间很大的库房，光亮的金属墙壁，几个立式的大保险柜整齐地排列在其中，就像商场的储物柜一样，每个柜子都划分了很多隔口，而每个隔口都有一个编号和一个密码的键盘。

天佑立刻走上前，看着隔口的编号，挨个寻摸起来。

黄锋叫住了她："你要找的东西，还不在这里！"

"什么？"

"继续往里走吧！"

穿过这几排保险柜，他们走到了库房的最里面，这里还有一扇小的金属门，门上贴了一个鲜亮的红色标签——"S号金库"。

黄锋指着这道门，说："在这儿！"

"你爸妈当年选了我这里安全级别最高的一间库房，也是最特殊的一种保险方案。"黄锋说。

"什么意思？"天佑问道。

"这是一间单独的金库，里面只有一个特制的保险柜，只为一家客户服务。从这道门开始，客户是自己设的密码，我们不知道了。如果你父母给你留下了密码，那你就自己去打开吧。"

黄锋提高了声音，接着说道："但，我要提醒你一点。这间库房里面的那个保险柜非常特殊，材质、设计和技术简直是世间独有！一旦输错一次密码，装置则自动锁死密码系统，需要一年以后才可以开放。所以，切记！一次！一年只有一次机会！"

黄锋递给了天佑一只对讲机："有什么事，就用这个联系我吧。"

说罢，黄锋就带着两个黑衣人离开了这间库房，金库的大门被层层关上了，"砰砰……"直到一点声音都听不到，四周变得极其安静。

天佑看着黄锋离开的背影，皱起了眉头，若有所思。

司辰问道："天佑，你在想什么？"

"我感觉……有一点……"

"怎么了？"

天佑琢磨了一下说："这才刚见面，他为什么就如此信任我们？带我们来这么重要的地方……就不怕我们是……"

"是冒牌的？"司辰呵呵一笑，"到他这年龄，经历的必然很多，自有他判断的一些方法吧。"

"我还是觉得这个人有点儿……"天佑不知道该用什么词来描述，但就是心里感觉很不踏实。

"我倒没觉得有什么特别的……除了他的右眼好像有毛病……"司辰顿了一下，接着说，"好了，别多想啦。都到这儿了，咱们先把你父母留下的东西找到吧。存得如此隐秘，想必是无比重要的东西！"

天佑点了点头。

天佑和司辰转头看着这个S号金库门上的密码盘，上面是1到9的九个阿拉伯数字按键，看上去跟常见的密码键盘没什么两样。

"55941，是不是就是这道门的密码？"司辰说道。

天佑想了一下："应该输入几位呢？第一个'5'应该就是指

刚才进入的5号金库。”

“那就输剩下的四个数字吧。”

“5941”，天佑依次按下了这四个数字，却听得“嘟”的一声，亮起了红灯。

“不对？为什么呢？”司辰有点想不通。

这时，天佑抬头看了一眼大门上的标签：“我明白了！”她接着按下了“941”这三个数字，“滴”的一声，绿灯亮了，门开了。

司辰这时也明白了，“原来第二个‘5’不是数字，而是代表的这个S号金库！”

两个人走进了S号金库。

这是一间方方正正的小房间，四面是光滑平整的银灰色金属墙壁，除了嵌入墙里的小壁灯，再无其他装置。

房间正中央有一个一米半左右高的长方形金属柜，柜子的几个面都非常平整，周遭看不到任何拼接的缝隙，也看不到任何装置，感觉就像个被平整切割的实心大铁块。

除此之外，房间再无任何东西，他们就如同进入了一个钢铁做的匣子，让人感到逼仄冰冷。

司辰看着中央这个“大铁块”，皱起了眉：“这肯定就是保险柜了，第一次见这么严密的保险柜，连柜门在哪儿都看不出来，更没有可以输入密码的地方呀！”

天佑走上前，围着大铁块绕了两圈，摇了摇头，也皱起了眉。

司辰看了一眼天佑手中的对讲机：“要不我们问问黄叔？起码得告诉我们在哪儿输密码呀！”

“先等等！”就在这时，天佑像是发现了什么。

她微微弯下腰，全神贯注地盯着大铁块的顶面，大眼睛就像是CT机一样，仔细地扫描过每一个角落。

片刻后，天佑把一只手掌平放在了顶面的一个角上。几秒钟后，从顶面的中间位置，出现了一个规整的长方形，长方形下沉了一厘米后，中间裂开了一条缝，像扇推拉门一样向两边打开，数字密码盘显露了出来。

司辰兴奋地看着，感慨道："嚯！这可真神奇呀！天佑，你怎么发现的？"

"灰尘！"天佑说道："虽然这里很封闭，但是这么多年过去了，空气中还是会有微小的灰尘落下，慢慢累积。你仔细看……"

司辰低下身子，认认真真地看着："我怎么看不出来……这上面有灰尘吗？"

"有的！很轻薄的一层，可能是跟柜体颜色太相近，有点难辨别。这顶面上，只有两个地方几乎没有灰尘，一是这个手掌的位置，一个就是这个长方形。"

"想必手掌的位置就是体温感应的按钮！"司辰兴奋地说，"天佑，你真是个细心的女孩。"

正当他们感到开心时，却突然意识到一件事："这也说明……有人动过这个！"

是的！如果不是有人触碰按钮，并打开机关，怎么会留下不一样的灰尘厚度。可是这里，还能有谁来过？天佑和司辰对视了一下，有了种很不好的预感。

"我们离答案已经很近了，先打开再说吧。"司辰说。

"嗯。"天佑点了点头。

他们走上前，看着那个露出的密码盘，一个更大的难题出现了——上面显示出十个空格，也就是需要输入的密码为十个数字，但是天佑妈妈在画中留给她的是“51655”五个数字。

司辰琢磨着：“另外五个数字会是什么？难道那幅画里还有信息被落掉了？”

“不会，我确定那下面没有其他数字了。”

“是不是此前的55941？”

“不对，那是进入这间S号金库的指引密码。应该不会重复使用。”

“要不重复两遍51655呢？”

天佑摇了摇头，紧张地握住了拳头：“只有一次机会，只有一次机会，不能赌……”

“天佑，不要紧张。我知道你现在的心情有多么迫切，但是这个答案只有你自己才能找得到，你要放松下来，放松下来才能去思考啊。”

司辰扶着天佑坐在了墙边。天佑闭上了眼睛，努力让自己平静下来。

“51655这个数字代表了什么？它有什么意义呢？”

“51……我要？可655是什么？不对，不应该是谐音。”天佑摇了摇头。

“爸爸妈妈会如何思考来设这个密码呢……妈妈既然把密码留在画中，留给了我，那必然是跟我有关联才对……”

天佑努力打开自己的记忆，希望找到与这个数字关联的线索，但脑中冒出的是一个个破碎而痛苦的画面：生锈的草莓、黄裙子、小白鞋、一摊向脚底蔓延的血迹、冒着烟的飞机残骸、爸爸妈妈转身远去……火焰，滚滚的火焰在她的脑中熊熊燃烧起来……

“天佑！天佑！”看着紧皱眉头冒出冷汗的天佑，司辰使劲地呼唤她，天佑像是从一场噩梦中猛地惊醒，头痛欲裂。

司辰心疼地说道：“天佑，头又痛了吗？算了吧，咱不想了啊。”

“不，我一定要找出答案！”天佑坚定地说。

“好吧，但现在先放松，休息一下吧……”司辰让天佑靠在自己肩膀，轻抚着她的头发，天佑慢慢闭上了眼睛。

时间悄然流逝，小小的空间内，仅可以听到两人的呼吸声，像是冰面下的暗流，默默地流淌了很久、很久……

“天佑，这里没有琴，我给你哼首曲子好吗？”终于，司辰轻轻哼起了曲子，打破了这片死寂。

在这个冰冷的钢铁“匣子”里，司辰的声音如同柔软的绷带，轻抚着天佑的心，为她止痛疗伤。天佑的嘴角露出了微笑，听着听着，突然在一瞬间，天佑记忆深处冒出了类似的场景：温暖的依靠，轻柔的歌声……在阳光下，她幸福地仰望着一个笑脸，是的，那是妈妈唱着歌的笑脸……

跟随着记忆中的画面，天佑不自觉地哼出一句：“小兔儿乖乖，把门儿开开……”

司辰听到，愣了一下，突然有点激动：“天佑！你这唱的是……”

“好像是首儿歌……”

“是儿歌，人人都会唱的儿歌！我是说，你怎么会突然哼起这首……”

“好像是……我的妈妈……曾经唱给过我……”天佑努力回忆着，希望把脑中那幅画面擦拭清晰。

“对上了！”司辰开心地说。

“什么对上了？”

司辰轻轻地唱起：“小兔儿乖乖，唆哆啦唆唆……”

“数字表示就是51655！”天佑也一下明白了过来，“那它的下一句就是……”

“把门儿开开，咪啦哆唆唆……”司辰轻轻地哼唱。

天佑兴奋地说：“后面的数字就是36155？”

“嗯……等等，不对！”司辰想了想，接着说：“后面那句应该是‘咪唆啦哆唆唆’，是356155！”

“那就不对了呀，多了一个数字！”天佑皱起了眉。

“别着急，天佑，我们离答案已经很近了，慢慢来！”

天佑点点头，闭上了眼睛，再次把脑中的这个场景翻了出来：她躺在妈妈的臂弯里，仰着头看着妈妈的笑脸，阳光从背后洒下，妈妈如同戴着圣母的光环。她随着妈妈轻轻哼唱着：

“小兔儿乖乖，把门儿开开，快点儿开开，我要进来！
不开不开，我不开，妈妈不回来，谁来也不开。
小兔儿乖乖，把门儿开开，快点儿开开，我要进来！
就开就开，我就开，妈妈回来了，我就把门开！”

想到这里，天佑兴奋地说：“我知道了！应该是这句，‘妈妈回来了，我就把门开’！”

司辰说：“唆唆咪来哆，哆哆来咪哆。55321，11231！正好十个数字！”

“是的，一定是这句！我感觉这句歌词似乎在我耳边回响过很多遍，一定是小的时候妈妈经常唱给我的——‘妈妈不回来，谁来也不开，妈妈回来了，我就把门开’！”

天佑找到了答案，她的眼睛也变得湿润了……

“妈妈，您回来了！我这就把门开开！”

天佑慢慢走到密码盘的前面，搓了搓手，谨慎地按下了“55321，11231”这十个数字。

密码对了！

随着一阵解锁声，大铁块一侧凸起了一个门的轮廓，紧接着，厚重的柜门“嚓嚓”地向旁边缓缓滑开，那声音像头沉睡的猛兽苏醒，在地上摩挲着利爪。

柜门打开了，里面露出了一个一米见方，两拃来厚的木箱。司辰和天佑小心翼翼地把箱子搬了出来，平放在地上，仔细看着。

这个木箱做工平整，上面除了两枚老式的金属搭扣，没有任何装饰或文字，保持着木质原始的纹路和颜色。虽然装饰质朴，但司辰一看便知，这是一种很高档的楠木，并非日常所用的物件。

里面放着什么呢？谜底即将揭开，藏在天佑心里的众多不安和疑惑如同等待开闸的洪水，汹涌激荡。天佑小心翼翼地扳开搭扣，那动作就像在剪开定时炸弹的引线。

木箱打开了。

一幅画！

是的，木箱里放的是一幅很特别的油画。看到它的一瞬间，震惊随之而来：画中展现的是一片小树林，在硫黄般炙热的土地上狂妄地生长。几棵树的树干如同扭曲的蛇，在紫色与橙色的碰撞下，表现出夺目的色彩张力，树叶好似一团团深绿色的火焰在风中咆哮，其中黑色的线条就像树冠的血脉任性地伸展，根部几块大石头在赭红、灰绿和黑色轮廓线下营造出一种黑红色的剧痛感，背后柠檬色的天空中有一团游走的幽灵在吞噬着魔镜般的太阳……整个画面笔触张狂，用色极端，透露着壮丽又残忍的美！

视线向下移动，他们发现了这幅画更奇怪的地方——这是一幅还没有完成的作品！画的最下方仅有底色和表层的色块，一些地方还没有勾勒细节。并且，这幅画的右下角有一块残缺，画布的边缘像火烧一般并不规整，下面露出了熏黑的内画框。

就是这幅残缺的画，被细致地装裱在一个木质贴箔金的油画框里，安稳地睡在楠木箱里这么多年。

天佑的眼睛完全被这幅画吸引，她的腿不自觉地跪在了地上，祷告一般的姿势死死地盯着这幅画作，一言不发。

时间一分一秒过去，许久之后，天佑的眼圈红了，眼泪慢慢滑落。

司辰连忙上前扶起了天佑，关切地问："天佑，怎么了？这幅画？"

天佑咬咬嘴唇："这像是……凡·高的！"

"什么？"司辰一惊，瞪大了眼睛。

天佑的双眼像是燃起火焰，她激动地说："这幅画从构图、色彩、笔法以及描绘的景物，各个方面都像极了凡·高晚期作品的风格！看这里……"天佑指着画中的天空，"柠檬黄！柠檬黄的天空中竟然夹杂了绿色和胭脂红的笔道；再看这棵树，紫色与黄色，如此冲突的色调来表现树干，这种怪异的画法也就他了；还有……看这里，用起伏的笔触破开纯色的单调，让亮度极高的颜色鲜艳却不刺眼；还有……还有……"

天佑努力压制住自己的激动，若有所思地接着说道：“但……他所有公开过的作品，我几乎都有查阅，从未见过这样一幅画……”

“那会不会是有人模仿他的风格创作的作品？”

“我只能说，可以模仿形，但很难模仿神，他的心智、他的情感独一无二，他通过画笔表现出来的绝不仅仅是一幅画……”

司辰感叹道：“天佑，我相信你的判断，这也能够说明当年你的父母为何会付出如此多来守护它，这幅画如果是凡·高真迹，确实价值连城！”

“不仅如此……”天佑打断了司辰的话，琢磨了一下，接着说，“恐怕这幅画的真正价值还不仅在于，它是凡·高的作品……”

“什么意思？”司辰不解地看着天佑。

天佑满眼含泪，继续说道：“你有没有想过，这幅画为什么没有完成？一点点，仅差一点点就可以完成的，这样不是很可惜？！”天佑指着画的底部。

“是因为他不想继续画了？”

“是因为他无法继续画了！”

“啊？”

天佑擦掉了眼泪，再次俯下身，仔细地看着这幅画，说：“此前我还从未看到凡·高有半途而废的作品，何况这幅画只差这一点就完成了，他应该不会故意这样做。”

天佑摇了摇头，继续说道：“你看，这幅画中对树木、土地和天空的描绘像极了他生命最后那段时间待过的地方——法国的奥维尔小镇，几幅同时期的作品中是有近似元素可对照的；另外，你是否还记得我曾对你说过——有文献记载，提奥的妻兄曾提及凡·高在出事前的上午还画了一幅树林的景象……”

“难道你的意思是，这幅画会是凡·高临死前的最后一幅画？”司辰说。

天佑的眉头紧皱，似乎也在惊讶于自己如此大胆的猜想：“另外，还有……”

“还有什么？”

“你看这里！”天佑指着画的右下角继续说道，“这幅画曾差点被烧掉，不是吗？”

“这又说明什么？”

天佑的神情异常凝重：“如果我的推断是正确的话，这幅画最大的价值在于它证明了——凡·高不是自杀！”

当这句话说出口，天佑都能听到自己紧张的喘息，她接着说：“当天，他一如往常地画着周围的景物，但不幸被射伤，此后，凶手曾想过毁掉他的画具以及这幅画！”

司辰惊呼道：“那这简直是艺术史上最惊人的发现！”

“是的！”

天佑做了个深呼吸，平复了下情绪：“当然，现在这一切都还只是我的推测，要验证这推测还需要做很多研究……而且这幅画……”天佑看着画，皱了皱眉。

“这幅画怎么了？”

天佑欲言又止，琢磨了一下，说道：“还不太好说……我要把这幅画带走！”

“你带不走了！”这时，一个恶狠狠的声音传来，黄锋突然出现在了金库门口。

身后又拥出了几个黑衣人，其中两个家伙走上前，不容分说就把画抬走了。

看着这一幕，司辰和天佑大惊失色，质问道：“黄叔，您这是……什么意思？”

此时，黄锋就像变了个人一样，一改此前和善热情的态度，两眼冒火，紧握拳头，愤愤地说道：“十七年……十七年了……密码居然是句儿歌！儿歌！儿歌！太可笑了……”

黄锋的表情分不出是在哭还是笑，脸上的肉都在抽搐，极其古怪。他呼呼地喘着粗气，感觉像要窒息的病人。

听到这话，天佑猛然意识到，那个对讲机有问题，里面定是装了监听设备，刚才所有的一切都在黄锋的监听中，而这个人早有预谋！此前试图打开保险柜的也一定是他！

黄锋看看司辰，说道：“好了，司小少爷，这里没你什么事儿了。我想跟这丫头单独聊聊。”

“你要干什么！”司辰紧张起来，一个跨步上前，把天佑护在了身后。几个黑衣人立即冲了上去，拿出电棒一样的东西打到了司辰身上，司辰瞬时晕了过去，被架着拖出了金库。天佑喊着司辰的名字想要跟上去，却被黑衣人控制得死死的，无法动弹。

黄锋对着天佑阴险地说：“放心，我不会动他。你应该担心的是你自己！”

天佑狠狠地瞪着黄锋，说道：“此前的那些，你都是在演戏是吗？你原本就知道这里面是什么，你一直在觊觎这幅画，并且曾试图打开这个保险柜取走它！”

黄锋冷笑了一声，鼓起了掌：“精彩，非常精彩！等了这么多年，试了那么多次，最终被你一个小丫头把密码解开了！看来当初留了你一条命，还是有用的！”

“什么？！”天佑立刻明白，“当初，福利院的那场车祸，是你干的！是你想杀了我？！”

黄锋挤了挤那只有毛病的眼睛，狠狠地说道：“当初要不是那个傻女人救了你，现在你也不会站在这里跟我对话了！”

“杀人犯！杀人犯！”天佑怒吼着，杀害祖老师的凶手就在眼前，她此前的猜疑被证实了，那场车祸本就是一场预谋，就是冲着她的。就在此刻，天佑突然意识到一件更加可怕的事情：“我的父母……那次飞机失事会不会也是你……”

“哈哈哈哈……”黄锋狂妄地笑了起来，那声音如同魔鬼一般，“炸飞机那动静有点儿大，我自己做还是难了点儿。”

“那你也是参与者？那果然不是一场意外！还有谁？！还有谁？！”

天佑感到撕心裂肺，她哭喊道：“是你们杀了我的爸爸、妈妈……我的爸爸、妈妈……”此刻的天佑几乎崩溃了，原来一切都是阴谋，眼前这个人害了她的至亲、毁了她的人生，还连累了很多无辜的人，她恨不得冲上前把这个男人咬碎撕烂。她拼命想挣脱黑衣人的捆绑，却被狠狠地打倒在地。

她慢慢坐起身来，把嘴里的血啐在了黄锋面前。天佑压抑着满腔的怒火，冷冷地质问道：“你不是我爸爸多年的好朋友吗？他那么信任你，你居然对好朋友全家做出如此狠毒的事情，就为了……这一幅画？”

黄锋立刻激动起来，带着贪婪的目光说道：“这幅画？这幅画是凡·高的！凡·高的！而且你的猜测没错，这很有可能是他真正的最后一幅画，那将是百年来最大的发现，震惊世界的发现！你想想，这幅画会值多少钱！多少钱！”

“呸！你不配拥有它！”

“可惜我现在拥有了啊……哈哈哈……而你，已经赚了这么多年的命，该下去找你爸妈了！”黄锋露出凶狠的目光。

天佑很清楚自己的处境，黄锋把这些秘密透露出来，就是没打算给自己留活口。

“你个混蛋！你一定会被抓的！”

“抓什么？一个偷偷溜进我家金库的贼触发了机关，被关在金库里活活饿死……怨我喽？”黄锋敲了敲金库的墙壁，接着说，“何况，我都用不着编这些，你在这铜墙铁壁里消失了，谁能知道？又有谁会找你？”

天佑刚想说出司辰的名字，又咽了回去，害怕给他带来危险。

黄锋接了话：“我知道你想说司辰，哈哈，他不会那样做的……”

“为什么？”天佑问道。

黄锋没有回答，而是得意地说：“好啦，我已经跟你废话得够多了，为了让你死得明白点儿。你就在这里慢慢享受生命最后的时光吧，过几天我来帮你收尸！”

黄锋和黑衣人走出了金库，一层层的大门被重重地关上，直到再也听不到任何声音，四周陷入了一片死寂。

11

<群青>

局

“你……就没有觉得，这一步步的谜题，揭开得都太顺利了吗？”

不知过了多久，司辰终于醒了过来。当他慢慢睁开眼睛，发现自己正靠在黄锋办公室的沙发上，而司宇就坐在对面，表情凝重地看着他，还有孙瞳站在一旁。

司辰很吃惊：“哥，你们怎么在这里？”

他揉了下眼睛，慌忙向四周张望：“天佑呢？天佑呢？哥，天佑有危险！”说着便起身冲向书柜，试图去打开它，却被孙瞳一下拽了回来，踉跄地倒在了地上。

司辰挣扎地爬起来，喊道：“哥，天佑有危险，这里……这里下去有个金库，刚才……刚才黄锋他……”司辰急得不知所措，但司宇仍面色沉重地看着他，一言不发。

司辰看看司宇，又看看孙瞳，突然意识到不对劲，他压制着情绪，问道：“哥，什么意思？你们……你们都知道是吗？天佑，天佑她现在怎么样了？”

司宇慢慢端起茶杯抿了一口，轻蔑地说道：“她挺好的，得到了那么重要的东西，自然是甩了你，一个人走掉了！”

“哥，你在说什么！”司辰使劲地摇着头，“天佑不是那种人！刚才……刚才明明是黄锋他……”

“司辰！”司宇打断了他，长叹一口气，说道，“好了，我知道你会有种失恋的感觉，但人生就是这么现实呀！你该做的事都做完了，这件事情结束了。”

司宇给司辰递了一杯茶：“你先喝点水吧。”

司辰把杯子一推：“什么叫‘事都做完了’？什么叫‘结束了’？哥，你在说什么呀！”

司宇淡然地抹了下从杯子中溅在手上的水，从桌上拿起了一张纸条，递给了司辰。

简单的两行字：

司辰：

爸妈留给我的东西找到了，我需要用它过不一样的生活。谢谢你帮助过我这么多。不要再找我！保重！

天佑

司辰看着字条，呼呼喘着粗气，不住地摇头。

司宇拍了拍他的肩膀：“司辰，结束了，我是来接你回家的！你帮了她那么多，她却为了钱甩了你，这种女孩你还惦记什么！”

司辰猛地把字条往桌上一拍，坚定地说：“哥，这是假的！我不信！”

司宇愣了一下，然后背过了身，生气地说：“这是事实，你必须相信！跟我回家！”

“我不信！我就是不信！绝对不可能……天佑是不是出事了？黄锋呢，他人呢？他是不是伤害到天佑了！”司辰急得快要哭出来了，他上前一步，紧紧抓住司宇的手臂，恳求道，“哥，哥，我要天佑平安回来，我要天佑在我身边，我要天佑！她到底在哪里？”

司宇狠狠地甩掉司辰的双手，怒吼中带着几分无奈：“你不要这么幼稚了好不好！一个女孩而已，感情的事用不着认真。真的结束了，忘掉这一切，跟我乖乖回家，你不能再卷入更多了，你是我弟，我要保你周全！”

“什么周全！没有天佑，你不如杀了我！”司辰像一座爆发的火山。

啪！司宇狠狠地给了司辰一个耳光，这记耳光打在司辰脸上，却疼在两个人的心里。

司辰用手捂着发烫的脸庞，满心的矛盾和不解，他含着泪，用颤抖的声音说：“哥，从小到大，只有父亲会打我，而每次他打我，你都是在护着我……”

司宇不忍地攥紧了拳头，眼里也泛起了点点星光。

司辰不肯放弃：“哥，告诉我吧，都发生了什么？”

“司辰，到此为止吧。不要再追问了！”司宇的口气变得无可奈何，“真相是你承受不来的！”

司辰做了一个深呼吸，擦干了脸上的泪痕，平静又坚定地说道：“哥，我不是你说的那么幼稚，我能判断是非，我能扛起责任！我知道你是要保护我，但请你相信，弟弟已经长大了。我是个男人，我也有自己要保护的人！该我面对的、该我承受的，我不会退缩！”

司宇的心动摇了，在他心里司辰一直是个任性而简单的孩子，但现在这场男人和男人之间的对话点醒了他，自己的弟弟真的长大了！既然这个局从一开始就有他的参与，如今又如何让他当作一切都没发生过？自己都不信的谎话，他又怎会信？看来真正幼稚的是自己呀！

司宇苦笑了一声，转过身，陷入了沉默。

时间就像凝固了一样，气氛冷得只听到司辰焦急地喘着粗气，他呆呆站在那儿，看着哥哥的背影。

司辰又把目光投向孙瞳。孙瞳正在看手表，似乎并不关心兄弟俩的冲突，依旧是冷冷的表情，两人目光碰撞了一下，便一言不发地把头扭向了窗外。

“好吧！”许久以后，司宇终于打破了沉默。

“但你要答应我，要冷静，不可以冲动地去做任何事情！”

“嗯，我答应你！”司辰使劲地点头，并用期盼的眼神等待着司宇接下来的话。

司宇叹了一口气，说道：“你……就没有觉得，这一步步的谜题，解开得都太顺利了吗？”

“啊？”这句话就像一个棒子一样狠狠地打在了司辰的头顶。

“一步步？谜题？什么意思？那不是孙哥他帮忙……”司辰看向孙瞳，脑子里飞快地闪过那些画面：飞机失事的报道、关于天佑身份的调查、南高村的老屋，还有这个晋延……重要的线索都是孙瞳给的，一步步把他和天佑引到这里，直到打开保险柜！

司辰感到不可思议，他的声音颤抖起来：“难道……这一切你们早就知道，早就设计好的？我……我也是你们设计里的一环？！”

“要说你遇到林天佑确实是个巧合，但当知道她就是祖小云，就是梁依诺时……”司宇顿了一下，接着感叹道，“只能说，‘缘’这东西太邪乎了，老天竟选了让你们两个相遇，那就注定这个故事要重新开始了……”

司辰的胸口像被一个大石块狠狠地砸了个窟窿：“这……是个什么故事？关于这幅画吗？这么说……我……一直在被你们利用？是我连累了天佑？你们……包括黄锋，早就知道天佑的身世？”

“之前并不能确认。”

“那是从什么时候开始？”司辰使劲回想着，“是……找到梁化光？不对，肯定更早……红草莓福利院？章石草？章石草也跟你们有关系？”司辰意识到天佑此前的敏感多疑也许是对的，这整件事的复杂程度、可怕程度远不在他的原有认知内。司辰的脑子变得很混乱，他惶恐地看向司宇，不知所措。

就在此刻，司宇的电话突然响起，打断了他们。

司宇听完电话后，突然像受了很大打击，猛握起拳头狠狠地砸在桌子上，不知是气愤、震惊还是害怕，他浑身颤抖，眉头紧锁。

看到司宇这个样子，司辰一惊：“哥……怎么了？”

还没等司宇说话，门外一阵跑步声，黄锋带着几个黑衣人冲进了屋子。

黄锋气势汹汹地对司宇说：“对不住了，你弟还得借我用用！”说着，几个黑衣人捂住了司辰的嘴，绑着他就要带走。司辰向司宇投来求救的目光，但司宇一句话也没说，低下头背过了身。司辰被他们带走了。

孙瞳被这突来的一切弄蒙了，他问司宇：“发生什么了？”

司宇深深叹了口气，红了眼圈：“这件事还没有结束……”

“什么？”

“这幅画是仿造的！”

孤独冰冷的S号金库里，天佑蜷缩在角落，呆呆地望着那个空空的保险柜。满心的愤怒、痛苦、懊悔与不甘已经无济于事，漫长的等待正在慢慢消耗着她，让她感到绝望。她甚至希望死亡早点到来，让她可以去另一个世界与爸爸妈妈相见，与瞎婆婆和爹爹相见，她的至亲都在那个世界等着她，为她布置好了一个没有阴谋、没有伤害，只有温暖和幸福的家……另外，她也想去那个世界亲口对祖老师说一声“谢谢，对不起”……

天佑静静地呆坐着……任由时间玩弄她的心智……就在这时，金库的门被一层层打开了，黄锋带着几个人冲了进来，像一群吠犬，咆哮着。

天佑缓缓抬起头，瞥了一眼，说道：“你又想干什么？”

黄锋一拳砸到墙壁上，粗暴地吼道：“他妈的，梁化呈、冯依曼，居然玩儿我！假的！画是假的！”

天佑并没有感到吃惊，她轻蔑地看着黄锋：“看来，他们早就看出来，你不是什么好东西！”

黄锋气急败坏地走上前薅起天佑的领子，恶狠狠地瞪着她：“你给我找出来，你把真画给我找出来！”

天佑嗤鼻一笑，把头扭向一边。黄锋被激怒了，狠狠扇了天佑一嘴巴：“你给我把真画找出来，我留你一条命！”

“留我一命？你做得到吗？只要我活着……就会杀了你！”天佑直视着黄锋，眼睛里像是冒出了两把刀子插入了黄锋的胸膛，竟让他吓得一激灵。

天佑扭过头，淡淡地说道：“你还是现在就让我死了得了，我不会去找的！”

“哼，我会让你去的！”黄锋给黑衣人使了个眼神，片刻后，司辰被捆绑着双臂，推搡进了金库。

“司辰！”天佑呼唤了一声，立刻冲上前去。

“天佑！你怎么样？有没有受伤？”司辰焦急地问道。天佑摇了摇头，赶紧帮司辰解开了绳子。

分开的时间虽然很短，但两个人像是经历了一场生死离别，紧紧地拥抱在一起，眼眶红了，心疼了……站在一旁的黄锋此时露出了邪恶的笑容：“呦呦呦，瞧这炙热的爱情，年轻真好呀！”

“怎么样？这回该按我说的做了吧！”黄锋冲天佑说道。

“你要让她做什么！”司辰挡在了天佑身前。

“司小少爷，不用紧张，我只是让她继续帮我解题而已……”黄锋脸色一变，大吼了起来，“画！我要那幅真画！给我找出来！快给我找出来！”

“我不！”天佑坚定地答道。

“那就别怪我喽！”

话音刚落，几个黑衣人上前把司辰架了起来，黄锋冲着司辰的腹部就是一拳。

“你想保你这位小情郎的性命，你就按我说的做！”接着，他又狠狠地给了司辰一拳。

“住手！你快住手！”天佑哭喊了起来！

司辰咬咬牙，气愤地吼道：“黄锋，你个混蛋，这样去逼一个姑娘！”

“是啊，这样最管用！”说着，黄锋又给了司辰一拳。

“住手！不要打了……”天佑哭着说。

司辰忍着疼痛赶紧安慰天佑：“天佑，你别怕，他不会把我怎么样的！”

“不会吗？司小少爷，你是真没吃过什么苦头啊！”说着，黄锋给了个眼色，几个黑衣人一同上去，对司辰拳打脚踢，丝毫不手软。

那份痛苦比打到自己身上还沉重，天佑急得大喊道：“住手，不要打了！不要打！我找，我去找！”

黄锋啧啧嘴，得意地笑道：“你早答应，他不就不用受这苦了嘛。”

黑衣人放开了司辰，司辰痛苦地蜷缩在了地上，天佑跪上前，心疼地把司辰搂在怀里，眼泪落在了他的身上。司辰努力抬起头安慰道：“不哭，天佑，我没事……”

黄锋得意地看着他导演的这场戏，说道：“好啦，可以带司小少爷去歇歇了。”黑衣人上前强行拖走了司辰。

再多的倔强也无济于事，这份感情俨然成了两个人的软肋，被黄锋捏得死死的。天佑抬起头对黄锋骂道：“你真是卑鄙的混蛋！”

黄锋拍了拍手：“骂得好！我就是卑鄙，我就是混蛋！哈哈，这么几个破词又能把我怎么样？我要的是画，我要的是钱，当我过上无人能比的日子，高高在上，所有市井的骂声，我他妈的听不见！”黄锋狂妄地笑了几声。

“你怎么知道就有那幅真迹的存在？”

“它存在！它真真切切存在！原因我没必要告诉你。”

“那怎么知道我就能找到它？”

“当年那画就在梁化呈、冯依曼手里，你是他们的女儿，他们必定留给了你信息，你找出来！你必须给我找出来！”

黄锋把一瓶水和一个面包扔到地上：“没做完事情前，你还得活着！”然后，又把那个对讲机也摆在了地上，“好好想，想到什么马上告诉我！”

随后，黄锋带着几个黑衣人便离开了，金库的门再次被层层关上，天佑又被困在了一个死局里。

司辰被拖进了一个封闭的房间，扔在了一张床上。

黄锋随后走了进来，阴阳怪气地说道：“司小少爷，你可真是立了不少功哦！”

“呸！”司辰忍着疼痛，愤怒地看着黄锋。

没过一会儿，司宇快步走了进来。看到司辰的样子，司宇一下子怒了，冲着黄锋就挥起了拳头：“你伤了他？！”

黄锋连忙按下了司宇的拳头，嬉皮笑脸地说道：“得要真实一些才有效果的嘛。年轻人，一点儿小伤很快就好，没事，没事！让你弟更配合一些，等找到那幅画，就皆大欢喜了，不是吗？”黄锋拍了拍司宇的肩膀，转头便离开了房间。

司宇压下了怒火，扭过头走到了司辰的床边，关切地问道：“司辰，你怎么样？”

司辰愤愤地把头扭到另一侧，一言不发。司宇无奈叹了口气，起身给司辰倒了一杯水，端到跟前：“喝口水，我去给你找点儿药！”

司辰完全无视司宇的关心，开口质问道：“哥，你是不是还没跟我解释清楚？！”

司宇沉默了很久，放下水杯，丢出了一句：“你先好好养伤吧。”

司辰喊道：“画，都是为了那幅画是吗？可即便找到那幅真画，它也是属于天佑的！是她的父母留给她的，别人无权占有！”

“这个……就由不得我们了！”

“那由谁？”

司宇低下头，没有回答。

“哥，你为什么要参与这件事，你为什么要听黄锋的？你是被他逼迫的吗？你们之间到底有什么交易？！”

司宇一直低头沉默着，就像尊石像。

司辰接着问道：“好吧，不想说算了。那是不是只要找到那幅真画，就能保天佑安全，放她自由？”

司宇还是没有回答。

司辰急了，撑起疼痛的身体，吼道：“哥，回答我！你们不是要让我配合吗，只要你们答应，找到画就放过天佑，不伤害她。我就配合！”

司宇缓缓抬起头，问道：“怎么配合？”

“我帮她，帮她一起去找。她需要我！”

“你还要陷得更深？”

“我原本就出不来，不是吗？”

司辰的口气不是在请求，而是一个强硬的命令：“让我去见天佑！”

司宇看着司辰，眼睛里闪烁起迷离的光，他没有回答，迟疑着走出了房间，房门被锁上了。

在这个密不透风的金库里，在这个焦灼混沌的状况下，天佑感觉每一分、每一秒都在煎熬，明明很渴很饿，却根本不想碰放在地上的水和面包，她感觉那些经过了黄锋的手，变得很恶心；她已经失去了时间的概念，根本不知道现在是白天还是黑夜，只有默数着心跳，陷入这漫长的沉溺；她也失去了思考的能力，想去梳理一些记忆，脑中却又燃起了团团火焰，不停灼烧着她，疼痛无比……渐渐地，她的眼前出现了一片黑红色，昏倒在地上。

时间好像流沙，不知昏睡了多久，天佑的耳畔响起了声声呼唤，她慢慢苏醒了过来。此时她正躺在司辰的臂弯里，司辰的眼神温柔地落下，像是救治她心灵的一剂药贴，天佑那无尽的黑夜里终于再起了暖阳。天佑把手抬起，抚摸着司辰脸上的伤痕，轻轻说道："你还痛吗？"司辰把天佑紧紧抱在怀中，心疼地说："傻瓜，你好好的才是最重要的，刚才吓死我了，我还以为……"

司辰转过身，冲着站在身后的司宇和黄锋吼道："你们不能这样逼她，她身体吃不消的！她要是出了事，你们谁也找不到那幅画，永远也找不到！"

司辰轻轻扶天佑靠在墙边，然后走到黄锋面前，说道："放天佑自由，这样她才能去思考，去寻找，把她憋在这个比监狱还恐怖的地方，指望她能想起什么？找到什么？"

黄锋踱了几步，想了一下说道："那你必须留下，她找到画，放你走！"

"不行！我必须和她在一起，她需要我。我们一起去找画！找到画，你放我们走！"

"你小子要耍什么花样？"

"我能耍什么花样？怕我跑吗？我能跑哪儿去？你能拿我来要挟天佑，就能拿我哥来要挟我，不是吗？"司辰瞥了眼司宇，他坚信哥哥一定是被黄锋逼迫的。

黄锋看看司宇，诡异地一笑："好吧，跑得了和尚跑不了庙，我并不担心你。我只是不太放心她……"

司辰顺着黄锋的目光看向天佑，此时天佑眉头紧皱、正狠狠地瞪着黄锋，像要拔出利剑刺过去一般。司辰投给她一个眼神，天佑立刻心领神会，低下了头，沉沉地说道：“我会去找。”

“真的？”

“嗯。”

“好，但我必须给你们限定时间。七天，只有七天！七天后，找不到画，这间金库就是你们的坟墓！”

“好，七天就七天。作为交易，你必须答应我，找到了画，不许伤害天佑，永远都不许再找她麻烦！”

黄锋挤了挤那只有毛病的眼睛，撇着嘴说道：“可以……我不找她麻烦。只要她不来自找麻烦！”

黄锋叫人拿来了两个追踪器，锁在了司辰和天佑的脚踝上，转头对着司宇阴阳怪气地说道：“接下来，你得跟你弟好好交代一下了。”随后便带着人离开了。

司辰看着司宇，没有好气儿地说：“你要交代什么？”

司辰从来没有用过这种带着抗拒甚至是嘲弄的口气与自己说话，司宇的心里五味杂陈，他深吸一口气，缓缓说道：“我只提醒你们一点，不能报警。”

“啊？”司辰很吃惊，“哥，为什么？如果你是被迫的……”

司宇立即打断了他：“别问了！总之，不能让警方介入。”

司辰没有再追问，和天佑对视了一下，点了点头。

司宇问道：“你们要从哪儿找起？”

“不知道。”

走出冰冷的金库，走出黑暗的普延博物馆，天上已经挂出了若隐若现的星星。但这究竟还是不是他们进入博物馆的同一天，司辰和天佑已经搞不清了。发生这么多的事情，就像一个一个的重锤打在他们的身上，两个人已经心力交瘁。

司宇把司辰和天佑送到了附近的一家酒店。

“今晚先住这里吧。”司宇淡淡地说着，把背包还给了两人。

司宇又拿出一个塑料袋递给司辰：“这里有些消肿凝血的药，你回去擦一下。”

司宇刚伸手想查看司辰的伤，司辰下意识地躲了一下。

司宇迟疑地收回了手，叹了口气，转身就要走，司辰一下拉住他的胳膊：“哥……到底为什么？你真的是在帮黄锋吗？还是你也为了那幅画？不会的呀……哥，你不是这样的人啊！这一切到底为什么？”

司辰的几句话就像子弹一样突突地打在司宇的心里，他挣开司辰的手，低垂着眼睛，躲避着司辰那尖锐的目光，他把所有复杂的情绪深深压在心底，丢下了一句“还有什么需要，随时告诉我”，便头也不回离开了。

司辰看着哥哥远去的背影，难过地摇了摇头。从小到大，他心中那个最温暖、最信赖的依靠，此刻变得让他琢磨不透了，他头顶的那片天变了颜色。

一进房间，虚弱的天佑便一头栽倒在了床上。司辰轻抚着天佑的头发，眼光中充满着怜惜：“让你受委屈了，是我没保护好你。”司辰的心里充满自责。

天佑的眼睛里像是有颗镶钻的蝴蝶，飘忽又闪烁，她看着司辰，激动地说：“黄锋——是他杀了祖老师！当年，是他想杀了我！”

“果然是这个混蛋！”

“而且，我爸妈的死也跟他有关！”

“啊？”司辰很震惊，“你是说，那场飞机事故也不是一场意外？”

“嗯。”天佑点点头。

司辰的手在发抖，不住地摇头：“我哥嘱咐不让报警，难道他也牵扯在当年这些可怕的事情当中？不会呀，那个时候，他也不过十来岁，怎么会，怎么会？”

“现在报警也没用，我们还没搞清楚来龙去脉，也没有任何的证据。”天佑轻叹了一口气。

司辰愧疚地说：“很抱歉，我刚才没有跟你商量，就跟黄锋做了那样的交易……我知道那幅画是属于你的，可……”

天佑握住了司辰的手，说道：“我懂，先走出死局，才能找到机会，不是吗？”天佑与司辰会心地交换了眼神，接着说道：“况且，凶手不只黄锋一人。我不要带着疑问这样死掉，谢谢你为我争取到这七天，我要尽快查清楚所有事！”

司辰深情地望着天佑的眼睛：“天佑，是我要谢谢你。”

“谢我什么？”

“谢谢你如此信任我，没有怀疑我！”

“我是不会怀疑你的！”

天佑坚持着爬起身，拿过司宇给的塑料袋：“我来帮你擦药！”

“我没事，早不疼了。倒是你……”司辰把天佑扶倒在床上，轻轻亲吻了天佑的额头，“睡吧，你太累了！现在先好好睡一觉，等明早醒来，我们一定会想出办法的。”司辰温暖的声音让天佑安静了下来，她慢慢闭上了眼睛。

司辰又坚持着坐在电脑前，有关天佑的父母、凡·高的画作、晋延博物馆、那场飞机事故……他努力搜寻着各种蛛丝马迹，他不仅是为了天佑的安危焦急，也想弄清楚自己的哥哥跟这些事有什么关联，为什么自己最亲密和信任的哥哥会与杀人犯合作。找着找着，疲惫不堪的他趴在桌上睡着了。

12

<天蓝>

寻找

“小女孩，嗯，我记得那个小女孩……哦，是你，你还活着，哦，天啊！上帝保佑你！”

一束熹微的晨光透过玻璃窗投入了房间，天佑被它唤醒了，慢慢睁开了眼睛，在逼仄黑暗的金库里经历了种种之后，这束阳光显得格外珍贵美好。天佑缓缓坐起身，把手伸向了那束光，像在触摸一条丝带，感受它的柔软和温暖。阳光渐渐明亮起来，天佑的双手洒满了金色的细沙，每一粒沙都在皮肤上跳舞，她眯起了眼睛，金色的光分出了五彩的光晕。

此时，透过迷蒙的彩晕，天佑的眼前出现了一个画面：是一间画室，一间明亮温暖的小画室，阳光滑过有着亮黄色边框的玻璃窗洒进屋里，各种色彩斑斓的画铺满了周边，一个女人正坐在窗前，安静地画着一幅画，更准确地说，是在临摹着摆在面前的一幅画。远远看去，那幅画色彩强烈，有着柠檬色的天空、火红的烈日、紫色的树干、深绿色的一团火……画着画着，女人把头扭了过来，温柔地对着她微笑……

“是妈妈！”天佑突然喊了一声。

趴在桌前沉睡的司辰被唤醒了，他揉了揉眼睛，睡眼惺忪地看着天佑，问道：“天佑，你想起了什么？”

天佑说：“这幅画是我妈妈临摹的，在一间画室里。”

“临摹？那真画当时必定也在那里。是间什么样的画室？”

天佑思考了一下：“画室有黄色窗框，其他……”天佑摇了摇头，停顿了一下，说道：“我想再看看那幅画！”

司辰马上拿起电话打给了司宇。不久之后，画被送了过来。

司辰说道："看看吧。也许你的妈妈在这幅画中留了什么线索。"

"嗯。"天佑把画放在了阳光下，一点一点仔细地看着，透过每一道笔触，她用心体会着原创作者的灵感与情绪，同时也在努力回忆妈妈临摹此画时的情景。

"你是不是第一次看见它时，就发现有点不对？"司辰问道。

"嗯。色彩、画风、笔法、内容完全没问题，只是……这经过了百年时间和经过十几年，颜料的油质感和颗粒感会有细微的差异，还有这画布的材质和织造方式会有不同，但差异实在太细微了，我并不敢确认。"

"那黄锋又怎么知道这幅画是仿造的呢？他并不像是个懂画的人。"司辰有些想不通。

天佑摇了摇头。她仔细地把画看了又看，并没有发现什么。

这时，她的手轻轻抚过华丽的画框，陷入思考："这幅画是妈妈仿造的，可为何这个画框并没有做旧，反倒贴附金箔，做得如此华丽张扬……也就说原画肯定是没有外框的，这个框是妈妈后来添加到这幅仿画上的，可能是为了向黄锋显示这幅画确实很珍贵，需要好好保存……除此之外，还有……"

天佑突然想到什么："帮我找把小刀！"

司辰找来小刀，天佑小心翼翼地把外画框拆了下来。她仔细地查看原来被画框遮盖的地方，一点一点仔细地看着，果然在画布的边缘发现了几个用铅笔写的字母，被盖在一层轻薄的外延油彩下，字体有些潦草，像是随手的笔记。

两个人仔细地辨认着。"Lucas de Zwaan"——天佑在纸上照着写下了这些字母。

“这……像是一个名字。”天佑说道。

司辰说：“是的，这是一个人名。而且这样的拼写方式，通常在一些欧洲国家会用到……”这时，司辰突然想起了什么，他马上打开了电脑，搜找起来。

“天佑，你看这个！”司辰指着屏幕中的一篇简讯，题目为“凡·高诞辰150周年纪念活动在荷兰凡·高博物馆举办”，报道非常短，但其中有一句话异常刺眼，“由我国著名画家、凡·高研究学者冯依曼等人组成的考察团应邀参加活动。”报道发布日期——2003年3月28日。

“是的，就是去参加这场活动。爸爸妈妈带着我一起去的，而在回途中飞机失事……”

“嗯，那我们再想一下，这跟那幅真画会有什么关系？”

天佑的脑中梳理着各种线索：“在荷兰此行之前，妈妈在一间画室仿造了那幅画，她把仿画存放在了黄锋的晋延博物馆中，就是为了牵制住黄锋的贼心。保险库密码的信息留给了我，也就是说未来只有我才可能知道这个真相。而这幅真迹，她这样保护起来，是想……”

司辰在一张纸上列出了几个关键词：“2003年3月，荷兰，凡·高博物馆，Lucas de Zwaan……”

当这个人名和几个词放在一起时，答案跃然眼前。

“这个名字，会不会是他们此去荷兰要找的人？想把真画呈于凡·高博物馆？”

“是的！一定是这样的！”天佑非常兴奋，“当我看到那幅画时，最想做的事就是去做研究，去深刻地研究这究竟是不是凡·高的作品，是不是他生命中的最后一幅作品，是不是颠覆了对他的死因一贯认知的重要作品！所以，联络凡·高博物馆，去查阅各种资料，与专家们探讨，才是证实猜想的必然路径！”

“我们必须找到这个人，也许当初你的父母已经把那幅真画送去了荷兰！”司辰说道。

“嗯！”

通过网上搜找，司辰和天佑确认了推测：

Lucas de Zwaan——此人正是荷兰凡·高博物馆的上一任老馆长！

经过几番周折，司辰和天佑终于查到了这位老馆长的电话号码。

看着那一串数字，两个人的心里充满忐忑：如果这幅画当年真的被送到了荷兰的凡·高博物馆，那么他们的这个电话打过去，会不会给那幅画、给更多人带来危险？以黄锋的个性，真是什么事都做得出来！可是，不打这个电话，线索被卡在了这里……他们又能找到什么出路呢？

司辰搓搓手，打算拨出号码。“等一等！”天佑突然拦住了他。

看着一脸愁容的天佑，司辰疑惑地问道：“怎么了？”

“那幅画应该不在那里！”天佑说。

“啊？为什么？”

天佑想了一下，说道：“如果，当年那幅画被送到了博物馆，这十几年过去了，对于这幅画的研究早就该有定论。那么，关于凡·高真实死因的报道也该铺天盖地。可是……”

“可是，并没有……”司辰接过话茬，“也就是说这幅画还在某个隐秘的地方，未现于世！”

“抑或者……”天佑的表情突然变得很沉重，她迟疑了一下，“抑或者那幅画并不是凡·高所作，种种猜测都是错的！可如果真是这样，爸爸妈妈、祖老师……所有人的牺牲，价值何在？！”

想到这里，天佑快要哭了出来！

司辰赶忙拉住天佑的手，说道：“天佑，别这样想！我们会把事情搞清楚的！善恶有报，没有人会白白牺牲！”

“命运真是折磨人的东西！”天佑叹了口气，把头转向窗外，天色已经变得阴沉。

“但命运是可以改变的。我们现在就是要让一切尽快大白于天下，让罪恶受到惩罚，让逝者早点安息！”

天佑深吸一口气，抚平了情绪：“打电话吧！”

电话拨通了……

虽然事隔这么多年，谈及此事时，越洋电话那头的老馆长还是显得无比激动。

“小女孩，嗯，我记得那个小女孩……哦，是你，你还活着，哦，天啊！上帝保佑你！”

司辰和天佑从老馆长那里知道了答案——当年，梁化呈、冯依曼夫妇来荷兰参加纪念活动时，是与其有过一次私密的会谈，谈及有这样一幅意义非凡的画作，准备带来博物馆与专家们共同研究。都已定好了带画来的时间，却在此次回程的时候，飞机失事。从此这件事便石沉大海……这也成了老馆长难以释怀的巨大遗憾。

“你的爸爸妈妈是那样优秀，那样友善。他们谈及这幅画时，是怀着对凡·高深深的敬仰和对艺术的严谨态度，我很尊敬他们，也特别希望能与他们共同开展这个研究……但是……哦，天呀，我真的太难过了……”

“对不起，对不起，如果不是来荷兰参加活动，也不会发生那样可怕的事故，你的父母还有那些艺术家也不会……”老馆长用颤抖的声音诉说着那场短暂的相遇，以及那场事故留在每个人心里深深的伤痕，父母的影子又一次在天佑的脑中定格又慢慢消散，像一场梦。

往昔已成回忆，跟老馆长互道珍重后，谈话结束了。

司辰和天佑又被拉回了当下。

“也就是说，这幅画还没来得及送去……那会在哪儿呢？”

天佑紧皱双眉，深深叹了口气。那幅画当年并未送到荷兰……这到底是不是她此前期待的答案呢？她的心像是走入了沼泽，没了方向。

线索又断了。

“要不要再回南高村的老屋找找？”司辰建议道。

天佑思考着：“当年妈妈在出发去荷兰之前，确实回了趟老家。在那里给我留下了金库密码的线索。但，如果同时把真画也带了回去……”天佑迟疑了一下，皱起了眉，“我觉得不太可能。”

“那也先排除一下吧。”

“嗯，我给小姨打个电话！”天佑说。

电话接通后，那边立刻传来了亲切温暖的声音：“诺诺呀，你都好吗？现在在哪儿？吃得好吗？睡得好吗？要是天太热，可得多喝水，要是下雨就得添衣服啊！千万别感冒了！这些天没见，我们好惦记你呢……”

这些“唠叨”让天佑立刻红了眼眶，声音也有些颤抖：“小姨，我很好。你们不要担心。”

“嗯，我们刚养了几只鸡，喂的是最好的谷子，等你回来，给你炖鸡腿吃！”

天佑的心里涌过一阵热流，她稳住了声音，说道：“小姨，我想跟您问件事，当年妈妈最后一次回家时，是否带了什么东西回去？比如……一幅油画？”

“画？我想想啊……”片刻后，小姨回复道，“没有！记得她就带了个很小的手包……嗯，没错，很小的包，进家门的时候我还问她，也不背瓶水，路上会不会渴呀……”

小姨接着说道：“家里的那些画，都是她在这儿画的，没见她从外面带回来过画。”

“小姨，我记得您说过，家里遭过一次贼？”

“嗯，是的，就是有人在家里翻了一遍，弄得乱七八糟的……但确实没丢什么东西。”

“密码！他们在找密码！”天佑半捂着电话对司辰说，“妈妈肯定也会知道，那帮家伙很可能会去找密码，所以更不会把画带回去，那样太危险了。”

“什么危险？”电话那头的小姨隐约听到个词，立刻担心起来，“诺诺呀，你们一定要注意安全啊！”

“嗯，您放心。我们没事！”

“什么时候能办完事？早点回来呀！”

“快了，快了，我会很快回去看你们……”

“好嘞，我们等着！”

天佑不忍地挂断这个带着浓浓亲情的电话，陷入了沉思。

“接下来怎么做呢？”

天佑拿出了从南高村带来的一家三口的合影，看着上面爸爸妈妈亲切温暖的笑容，天佑沮丧地说道："爸爸妈妈，对不起，女儿好笨，还是找不到答案。"

她努力地回想，希望从脑中挖掘出来有关当年的任何记忆，可惜她失败了，除了那个画室中的场景、除了那个黄色窗框，她什么都想不起来，无奈地拍着自己的头。

司辰连忙上前抓住了她的手腕，心疼地说："天佑，不要这样，会有线索的，别急啊。"

司辰给天佑倒了一杯热茶，这时，他看到了掉在桌上的另一张照片——那张四人合影。

司辰拿了起来，仔细地看了看，心里猛地一震："天佑，这张照片是……"

"这是我从南高村妈妈留的那本相册中发现的。"

天佑一一指着照片上的人说道："妈妈、爸爸、黄锋……旁边这个……看不清，也认不出……"

司辰直盯着照片，显出一丝紧张的神情，天佑关切地问："怎么了？"

"哦。没……没什么。"司辰敷衍了一句。显然这张照片让他感到很不安。

"这不能是真的，是我看错了，想多了……"司辰甩了甩脑袋，把刚才那个令他不安的念头抛到了脑后，把照片还给了天佑。

这盘棋，他们已经被"将"住，且仍未找到起死回生的步法。只听着倒计时的表针嘀答嘀答地在催促着他们。桌上的茶已经凉透了。

看着天佑失去光彩的大眼睛，司辰说道："咱们静静想想，既然画正准备送去荷兰，那当时必然是在一个短期的存放地……很可能就在北京！我们在这里也找不到新的线索了，而且画也不在老家，要不，咱们明天一早回北京吧！”

“嗯。”天佑点了点头，视线转向了窗外。

此时，外面已经下起了大雨，在漆黑的夜里，只听到噼里啪啦的雨声，像是要把这里的罪恶冲刷干净。

司辰跟司宇要了辆车，天刚蒙蒙亮，车就已经在酒店门前等着了。经过一夜的雨，空气潮湿阴沉，被打落的叶子在地上透着腐败的气息。

司宇轻轻捡掉一片落在挡风玻璃上的树叶，转身把车钥匙递给了司辰，目光凝重地问道：“有线索了？”

“目前还没有，但愿很快会有。”

“小心。”司宇低沉地叮嘱了一声。

回想起不久前同样的一句叮嘱，司辰此刻的心境已完全不同，他终于体会到了这两个字从哥哥口中说出的分量。

司辰轻声问了一句：“哥，你不回北京吗？”

司宇没有回复，用手扶了下司辰的肩膀，转过身离开了。

到底有多少秘密藏在心底，司宇跟弟弟的对话越来越简短，越来越压抑。这种沉默中夹杂着太多不可言表的情绪，就像有怪兽在抓挠着两人的心，却又捂住了他们的嘴。

司辰感到很难受，他迫不及待地想破开这个死局，让一切敞敞亮亮地暴露在阳光之下！让天佑平安，让司宇变回那个给他温暖、可以依赖的哥哥，他需要那片天。

几个小时的车程，司辰和天佑一刻没停赶回了北京。

一回到北京，他们直接奔向了五环边上的一所废弃的学校——金风帆艺术学校。当初冯依曼在这里任教多年，这也是他们现在唯一能想到的目的地。

“应该是这里了！”按照搜到的地址，兜兜转转了几个圈，一道长长的围墙挡在了眼前，而那围墙里面便是他们要找的地方。

红砖砌起的围墙很粗糙，还有很多破损，司辰和天佑顺着墙边绕了半天，终于来到了一扇大铁门前，铁门上松散地挂着条锈迹斑斑的铁链。

“施工作业，闲人莫入”——一块破烂的警示牌歪斜地钉在铁门旁的砖墙上。但周围并没有人，墙内也没有传出任何动静。很显然，这里的“施工”处于停滞状态。

司辰对天佑说：“我们现在唯一的线索，就是在你记忆中的那间黄色窗框的画室，起码真画曾在那间画室出现过。我们先在这里碰碰运气吧！看看能发现什么，走吧！”

天佑点了点头，司辰拉起天佑的手，从半掩的门缝中钻了进去。

几幢破破烂烂的灰色小楼出现在了眼前，它们被荒草包围着，大大的“拆”字画满了一层的墙壁，斑驳的墙砖，破碎的窗户，一片破败死寂的景象，只有藤蔓植物攀着外墙努力地伸展着，固守着一丝生机。

司辰和天佑走向了正中的一幢，依稀辨认得出大门上方“1号教学楼”几个红色的大字，破烂的大木门歪歪扭扭地敞开着，他们轻轻地走了进去。

教学楼的地面混乱不堪，满眼都是破墙砖、碎玻璃、零零散散的桌椅教具，布满了尘土。一道幽暗的走廊，两边对称布着几间教室，中间是通向二楼的楼梯。

司辰和天佑走进了其中的一间教室，黑板上依稀看得到板书的痕迹，墙壁上还有几幅掉了色的画作，已经跟剥落的墙皮浑然一体。破损的石膏人像被丢弃在角落，仿佛已经这样躺了一个世纪，空洞的眼睛诉说着无尽的寂寥。

这里与天佑记忆中的画面没有任何匹配的地方，房间的大小与格局，窗的样子和颜色都不对，也没其他发现。她摇了摇头，接着走入了下一间。这些教室的状况都差不多。“不是……不是……”天佑一间间地看着，又失望地一间间走出。

一层找完，他们又顺着楼梯走上二楼，二楼又走上三楼……空空荡荡的教学楼里只听得到两人匆匆的脚步声，悠悠的回音似乎是在回应这久违的来客。

在这栋楼里毫无收获，他们又走入了另一幢小楼——“2号教学楼”。

这幢楼已经被砸掉了半面墙，感觉颤颤悠悠的，随时可能坍塌。

两人踏着碎砖，钻进了楼里，一间一间地继续查找起来，一直走到二层走廊的尽头，一间房门上方半吊着的木牌子吸引了两人——“档案室”。这里肯定不会是作画的地方，但会不会发现什么其他的信息呢？

吱的一声，门被推开，声音特别刺耳，像是有什么“守护者”要被惊醒。但屋里只看得到落满尘土、挂着蛛网的架子，架子上空空荡荡，什么都没有。

天佑叹了口气，正要离开时，在房间的一角看到一堆丢弃的垃圾，其中有一本证书被丢在一些破旧的牛皮袋和几张废纸上，虽然也落满尘土，但红色的封面在这间黯然的房间里还是十分显眼，吸引着她走了过去。

“2002年度优秀教师”几个字清晰地印在红色的封面上。拍拍尘土，天佑好奇地打开了证书。

“啊！是妈妈！”天佑发出了一声惊叹。只见证书内页贴着一张冯依曼的证件照，下面清晰地展现着对其授予“优秀教师”的嘉奖内容，纸张虽然有点泛黄，但那张照片、那个名字却像会发光一样，异常夺目。天佑激动地把证书抱在胸前，如获至宝。

恍然间，天佑又看到了妈妈，在楼道、教室、讲台和这个学校的任何一个地方，天佑看到了那个年轻的、优秀的、美丽的教师的影子……她微笑着，在阳光下微笑着，在学生们的簇拥中微笑着……

一滴眼泪打碎了幻影，韶华芬芳如今都已融化为眼前的残败和荒芜，除了这个再也没有颁出的荣誉证书，什么都没留下了。当钢筋水泥倒伏在尘土之中，曾经受庇于其下的一切都将在它的消磨中遭到遗忘。

司辰和天佑搜找了每一幢楼，每个房间，他们唯一的收获仅是那张护在怀里的证书。

时间不等人，面对毫无进展的找寻，一种急迫感压得他们很难受。

两人无精打采地坐在1号教学楼门口的台阶上，看着天色慢慢暗了下来，让这个被人遗忘的校园显得更加荒凉。夕阳斜射的光线，从残存的玻璃上反射着斑驳的影子。一阵风吹过，感觉背后冷飕飕的。

天佑轻轻翻开荣誉证书，看着上面的照片，皱着眉轻声地说："妈妈，是我们找错了方向……对吗？不在这里，对吗？"

司辰叹了口气："是呀，为什么画室就要在学校里呢？那么重要的一幅画，怎么会拿到这么嘈杂的学校中临摹呢？我们来这里仅是盲目地碰碰运气而已……"

"可我们还能去哪里呢？"两个人陷入了沉思中。

这时，嘎啦啦……大铁门响了，从门缝里钻进来一个人。是个四五十岁的男人，蓬头垢面，脸黑得像是刚从泥坑里爬出来，衣服破破烂烂，一手提着个饮料瓶子和一袋馒头，另一边手臂下夹着一卷肮脏的棉被，肩上还半挂着一个破背包。

男人进来后环顾了一下，就晃晃荡荡地朝着1号楼这边走来。

男人一直走到司辰和天佑面前，抬眼瞥了一下，操着沙哑的嗓音问道："你们今晚也睡这儿？"

司辰连忙摇头："哦，不，不。"

"没事，这地儿大呢！"男人满不在乎地念叨了一句，便迈步向楼里走去。

"你晚上睡这儿？"天佑问道，"不怕吗？"

"怕啥？"男人回复道，"我在哪儿睡，哪儿就是我家，在家里怕啥，哈哈哈……"他的笑声里带着狂妄，在楼里格外响亮。

男人的笑声伴随着脚步声一直上到了二楼，才渐渐安静了下来。

流浪汉的这句话点醒了坐在台阶上的司辰和天佑，他们同时冒出了一个字："家？！"

"可是……可是……家已经没有了！"天佑转念一想，低下了头。

司辰握住了天佑的手，说道：“虽然你很恨那个人，但还是需要再见他一面的。好吗？我们没有太多时间了，这是最直接的办法！”

四目相对片刻，天佑心领神会地点了点头。

13

<紫>

逼近真相

他步步逼近真相，真相却像藏在层层薄纸后的一把锋利的尖刀，随时可能刺痛他的心，他不确定是否已经做好了迎接这一切的准备。

如果不是迫不得已，天佑再也不想见到这个人，但现在，找到真迹、探明真相比什么都重要。

向孙瞳要到了地址，司辰和天佑次日一大早便直接找到了梁化光的住处，把他堵在了家门口。

梁化光吓了一跳："哇，大侄女……你们……你们怎么找这儿来啦？"他哆哆嗦嗦地说，"那个啥……我要出去办点儿事，先不招呼你们了啊……那个，改天……改天……"说着就要冲出家门。

司辰一步上前，拦住了他："怎么，不欢迎你侄女回家呀？跑什么？"

"那个……哪能不欢迎呢……"梁化光扭捏着侧了下身，在门口让出一条缝。

天佑瞥了一眼，冷冷地说："我们不进去了，就问你几个问题，问完我们就走。"

"诶，得嘞。"梁化光赔着笑脸，随手把身后的大门关上了，"有啥问题呀？问吧。"

司辰说："好，那我们开门见山。"司辰拿出手机，把拍的树林油画照片展示给了他，"你见过这样一幅画吗？"

梁化光看了一眼，摇了摇头："没有。"

"再仔细看看！"

梁化光又盯了一会儿，摇了摇头："确实没见过！"

司辰接着问道："在飞机失事后，是你占有了你哥嫂的房子和他们的遗物，你如何处理了？”

梁化光说：“那……那不是占有……我……我是在帮着处理后事呀。”

“别废话，到底都怎么处理的？”

梁化光耍着一副无赖的样子，说：“卖了，能卖的我全卖了。咋的？还是来找我分钱来啦？”他把脸往旁边一扭，斜着眼看着天佑。

“我不是来找你分钱的！你欠我的远不只是钱！是命！”天佑瞪着梁化光，狠狠地说，把梁化光吓得一踉跄。司辰连忙拉住了天佑的手，递上一个安抚的眼神。

天佑轻叹了一口气，放缓了情绪：“我只想找这样的一幅画！它当时很可能就在我的家里。”

梁化光的态度也缓和了点儿：“哦，哦，大侄女，那个……我说了……我是真的没见过。”

“那当时，家里留下的都有什么？”

“就是些家具，日常用品，还有你爸留了几件不值钱的小古董……我不是说了嘛，在此前的一段时间，他们就已经把家里值钱东西都卖了。真没剩什么！”梁化光接着说道，“哦，对，还有一些画画的东西。”

“画画的东西？是在一间画室吗？”天佑显得有一点激动。

“画室？那个……反正你们家有一间屋子专门留给你妈妈画画用。”

“那间屋子的窗框是黄色的吗？”

“黄色？”梁化光琢磨了一下，“不光那间房子的窗框，你们家所有房间的窗框都是黄色，连各屋的门都是，那黄色真是亮得扎眼，所以我还是有印象的。你……你自己真的什么都不记得了？”

天佑低下了头。

司辰接过了话：“那请再想想，当时家里有没有留下这么大的盒子，或能放下这么大的画的什么东西？”司辰用手比画着。

“哎呀，我是真想不起来……好像没这样的东西。”梁化光挠着头，“哦。对了，当时……墙上倒是还挂了几幅画，应该是你妈妈自己画的，但是，印象中真没有长这样的一幅画。”

天佑和司辰突然想到了什么，异口同声地问道：“那几幅画在哪儿？”

梁化光被吓了一跳：“那个……墙上的？卖……卖……都卖了呀！”

“卖给谁了？”天佑和司辰追问的声音越来越大。

“卖……卖……卖给谁了……这个……我得好好想想。”梁化光一边搓手，一边踱起了步子。突然他停住了脚步，眼睛滴溜溜地转了一下，说道：“我想起来了，买画的那个人有点奇怪……”

“怎么讲？”

梁化光讲起了那天的情景：“当时我正在屋子里忙着，有一个人自己溜溜达达地进来……我吼他出去，他却不理我，莫名其妙地满屋乱转，我准备动手赶他了，他指着墙上的画，问我这些卖吗？我说，卖呀，随口给他开了个价。你猜咋的，他一口就答应了，一分都没还。”梁化光阴阳怪气地说，“也许是我开价太低了，没想到你妈妈的画还真挺值钱。”

天佑狠狠地瞪了他一眼。

“然后呢？”司辰问道。

“然后就给了钱，从墙上取下了那几幅画，拿走了呗！”

"这个人你不认识？"

"不认识啊。我问他了，他说是我哥嫂的朋友。"

"这个人长什么样？"

"是个男的。"

"没了？"

"是啊，这么多年了，我哪儿记得住那人长啥样啊。"

"他就没留什么联系方式？"

"一手交钱，一手交货，两清了，还留啥联系方式啊。"

司辰无奈地叹了口气。

天佑接着问道："他说，是我爸妈的朋友？"

"是啊，而且应该是挺好的朋友吧，记得他在屋里乱转的时候，还真是副伤心的模样。买那几幅画，也说是为了留个念想。"

这时，天佑猛然想起了带在身上的照片——妈妈相册里隐藏的四人照片，天佑举起了照片，指着右边扭头的那个男人，问梁化光："好好想想，是不是这个人？"

梁化光仔细辨认了半天："这个……照片有点模糊，不过从轮廓上看，好像差不多吧。"

"你确定吗？"

梁化光皱了下眉，无奈地说："不确定。唉，大侄女，这么多年了，那人的样子我是真的记不清了……"

此时，司辰的心里翻起了层层波澜。

梁化光说："那个……大侄女，要是没啥事儿了，我……"

"等等……"司辰拦住了他，"那你还记得卖出去的那几幅画是什么样子吗？"

"这个……这个……叫我咋形容啊，我又不懂，也没太注意看……让我想想……”梁化光敲了敲脑袋，“哦，对了，我想起来其中一幅，是只大蛾子！”

“大蛾子?!”

“是的，这只大蛾子在家里都挂了好多年了，我曾经问过我哥，人家都挂个蝴蝶、小鸟啥的画，你们咋弄只蛾子又丑又吓人的……所以，我就对这个有点儿印象。”

听到这里，天佑闪烁着大眼睛不安地看向司辰。此时，在司辰的心里也有了猜想，但他感到难以接受这个猜想，更多的疑惑冲上心头。他步步逼近真相，真相却像藏在层层薄纸后的一把锋利的尖刀，随时可能刺痛他的心，他不确定是否已经做好了迎接这一切的准备。

司辰低下头沉默了片刻，拉紧了天佑的手，说道：“咱们走吧！”

司辰默默地开着车，车开得很慢，下一个目的地清晰地在他脑中过了一遍又一遍，他却迟疑着不敢靠近。最终，车还是停在了自己家的大门外。

天佑什么话也没有说，跟他一起走下了车。

站在这栋老派别墅的大门外，司辰徘徊了许久。明明是自己最熟悉的地方，却突然感觉很陌生，门后像是封藏了什么魑魅魍魉，随时会扑出来，让他的呼吸都变得局促不安。

“这只是个巧合，我们只是来验证我们猜错了。”司辰在心里默默安慰着自己，打开了家门。

客厅里很安静，司辰抬头看向二楼，廊台也很安静，父亲书房的门紧闭着。他并不知道此时父亲在不在家，他也顾不上那些，拉着天佑，径直走到了那幅《天蚕蛾》前。

司辰咬了下嘴唇，轻声对天佑说："梁化光提到的……会不会是这幅？"

天佑仔细看着画，那只大大的黑蛾子像是要飞起来，扑到她身上。

天佑问道："这幅画在你家很久了吗？"

"嗯，记得在我还是小孩子的时候，有一天，家里就突然多了几幅画。"他指着旁边那幅浮世绘作品说，"这两幅内容有点古怪阴郁，便挂在了客厅这个角落里，还有几幅明亮些的风景画分别挂在了楼上父亲的书房和卧室。"

司辰顿了一下，接着说道："……记得当时这些画被挂出来时，我的妈妈显得很难过。"

"她为什么难过？"

"不知道。我那时还小，只记得妈妈哭了，别的……"司辰摇了摇头，"这些画就这样一直在家里挂了十几年。"

司辰停了一下，带着迟疑地问："天佑，你好好看看这些画，有没有可能……就是……曾经挂在你家里的那几幅？"司辰的心里忐忑极了，他多么希望天佑马上说出否定的答案。

天佑仔细地看了看那幅《天蚕蛾》，说道："这幅画临摹得太好了，简直就跟凡·高的真迹一模一样……只能说画者技法高超，但体现不出自己的风格。所以，我……我不敢确认，是不是妈妈画的。"

天佑又把视线转向旁边，静静地看着那幅画风诡异的浮世绘。此时，她已经能清晰地辨别出，画中女人胸口位置的小花是一枚黄色的向日葵。天佑忍不住伸出手指去触摸，一瞬间她似乎看到画中低头的女人抬起了眼睛看向她，把她吓了一跳，手立刻缩了回去。这幅画像是被施了诅咒一般，让人感到畏惧，不敢靠近，天佑也不例外。

“这会是我妈妈画的吗？她为什么要画如此古怪的画呢？为何是浮世绘，为何又有向日葵？”天佑的眼睛完全被这幅画所控制，心里充满了疑问和猜测。

“女人、松柏、山、云……画中的这些景物到底是什么意思呢？”

天佑闭上了眼睛，双手交叉、低下头，和画中的女人呈现同样的姿势。她开始拼命地挖掘深处的记忆，就像是在用血肉冲撞一扇锈死的大门，她拼命地去撞击，尽管疼痛不已，也不愿停下，门终于被撞开一条缝，听得见门里面一个女人温柔地读着一首诗……

“啊！”天佑猛地一惊，睁开了眼睛。她一手捂按着疼痛的头部，一手伸向那幅画，从画中女人的位置慢慢向上按抚过去，嘴里念着：“松下问童子，言师采药去。只在此山中，云深不知处……”

她的手停在了山间的一朵乌云的位置。她反复摸了又摸，突然用手指疯狂地抠划起画布。

这时，二楼传来一声吼叫：“住手！”

随着急促的脚步声，楼上走下一个男人，五六十岁的样子，利落的短发已是灰白，面容消瘦，紧锁的眉宇间透着令人发冷的威严，天佑认得那双眼睛，那双曾冒着火焰恶狠狠瞪过自己的眼睛，而配上这副身躯和面庞，天佑感觉这个人曾经见过……有点像是四人照片中那个侧脸的男人。

在这个男人身后，司宇也跟着走了下来。

“爸！哥！”司辰带着几分吃惊地唤了一声。

男人瞥了一眼司辰，径直走到了画的面前，刚才被天佑用手抠的地方已经掉了一大块油彩，露出斑驳的画布。

男人凶狠地看向天佑，像要把她吞掉，而转瞬又迟疑了，盯着天佑的脸发呆，眼里闪出了一道光，那难道是……泪光吗？

司辰把天佑拉到了自己身后，男人缓了一下神，扭头看着画，流露出心疼的表情。他狠狠地吼道：“为什么要破坏它！”

“爸……让我跟您解释……”还没等司辰把话说完，天佑猛地拿起旁边桌子上的一个金属摆件，用尖锐的一侧划向了画布的边缘，接着又是狠狠的一下、两下……

男人赶快上前制止，但已经来不及了。画布被撕开了！此刻，令所有人吃惊的一幕出现了——在画布下面出现一块奇怪的金属板。

天佑顺势上前把整个画布扯拽了下来，一个又大又薄的金属盒子分明地显现在了画框内，而就在刚才天佑用手抠的位置，呈现出一个圆形的凹槽，像是什么锁扣机关。天佑伸手摸了一下那个凹槽，肯定了心里的答案，她暗暗攥紧了拳头。

男人看着眼前的一幕，浑身都颤抖了起来，他激动得说不出话：“这……这……”

天佑接过话，质问道：“这里面是什么……你应该能想到吧？”天佑狠狠地瞪着男人，眸底有道犀利的光闪过。

男人走上前，抚摸了一下金属盒子，然后突然转过身双手紧紧抓住天佑的胳膊，大吼道：“打开！快给我打开！”

“爸！放手！”司辰赶紧扯开男人的双手，护在了天佑面前。

司辰深吸一口气，所有不希望看到的，却如此真切地呈现在眼前，他已经无法逃避了。司辰带着央求的口气说道：“爸，现在，您还不告诉我这一切是怎么回事吗？这些画是您当年从他们家里买回来的是吧？您早就认识天佑的爸妈是吗？您早就知道那幅油画的存在是吗……”

男人的眼圈红了，缓了一会儿，沉沉地说道：“先把这个打开，我就告诉你们一切。”

天佑和司辰交换了下眼神，天佑把手慢慢伸到颈间，双手紧紧握住了那条向日葵项链，她静静地握着，低下了头，一瞬间，天佑仿佛化身为刚才画布上的那个女人，在困顿可怖的处境中祈祷着能量和勇气。

片刻后，天佑缓缓摘下了项链，把银质的向日葵扣在了金属盒子上的圆形凹槽内，她轻轻地转动着……

随着“咔咔”的声音，金属挡板松动了，并最终滑落了下来。

画！是那幅画！呈现在眼前的正是那幅和金库中发现的一模一样的油画，热烈又残酷的景象在疯狂自由的笔触下震撼着人心！这幅画的右下角同样有残缺的边缘。

男人激动不已，颤抖着走上前，他从上到下仔细地看了看这幅画，最终目光聚焦在画中的太阳上，盯了很久很久，突然他长叹一声，眼角滑下了一滴眼泪。

“十七年了……原来……它就在这里……就在这里……就在这里……”男人俨然受了很大刺激，不住地摇头，一个踉跄险要摔倒，司宇连忙上前把他搀扶到沙发上。

顺着男人刚才的目光，天佑发现在这幅画中太阳的边缘位置，有一道细小的竖痕，像是画布破开又被修补过，但在此前金库的那幅仿画是没有这个的。这个痕迹实在太不起眼了，不刻意地寻找是没人会发现的，但显然就是这个痕迹成了男人判断画作真伪的依据。

天佑扭头看向男人，此时她已经可以断定，他就是照片上那第四个人！

天佑的内心猜想到了更为可怕的真相，她用泪水压抑着仇恨，狠狠地看向男人，问道：“是你，对吗？”男人没有回应。

司辰拉起天佑的手，走向男人，站在他的面前：“爸，该说了吧！这是怎么回事？您都知道什么？您都做了什么呀？！”

男人默默地坐在沙发上，低垂着眼睛，一言不发。

司辰指向一旁沉默的司宇：“我哥所做的这一切……都是你安排的，是吗？”

“而我就是你的一枚棋子，是吗？”司辰的声音越来越大，“你是跟黄锋串通好的吗？难道……你也想伤害天佑？你也想抢占她的画吗？还有当年那些事……”

男人仍然默不作声，眼睛紧紧闭着，像是冰窖中封存着烈酒的坛子。

“司占海！”司辰怒吼了起来，“说话，你说话呀！司占海！”

司宇立刻上按住司辰的肩膀：“你怎么跟爸说话呢！”

司辰转向司宇：“哥，那你告诉我，你还欠着我很多问题呢，不是吗？这是怎么回事？你回答啊！你不是说真相是我承受不来的吗？什么真相，说出来试试呀？”司辰狠狠地拍着自己的胸脯，“来呀，说呀！”

“好了！”司占海终于吐出了两个字，声音沙哑沉重，他缓缓站起身，用奇怪的眼神看了看天佑，深深叹了口气。

“是时候了……”

14

<铁棕>

缘起

她越是美好，他越是心痛。

时间是个旋涡，好的与坏的、光明与黑暗、欢醉与怆然、青春与老逝、荣耀与罪恶……一切都被它吞噬，没有什么能够逃脱，却也可以拿来翻滚和记忆。

时间回到三十多年前……

三个年轻人，带着从学生时代建立的哥们儿情谊，一起闯荡初火的艺术品收藏行业。他们一起下乡淘宝，一起在鬼市摆摊，后面做大点儿，直接奔向海外，一边寻宝一边做着周游世界的美梦，逍遥快活。

他们情同手足，亲密无间，自称现代版的“桃园三结义”，只不过他们不是刘、关、张，而是梁、司、黄。

但这种关系，从这一天开始发生了变化。

“嗐，这家伙咋吃饭也不积极了，不是他作风啊，哈哈。”黄锋对司占海念叨着。

“就是的。别管他了，我饿了！”司占海扭头对店家喊道，“老板，先来二十个羊肉串，二十个肉筋，俩啤酒，要冰的！”

黄锋干了杯啤酒，对司占海碎碎念道：“嗐，占海，你有没有觉得最近大呈有些不对劲？”

司占海皱了下眉：“你才发现不对吗？经常见不到人影，对生意也心不在焉的，前天他把那西班牙淘来的漆器五百就给卖了！”

“五百人民币？啊？那怎么行，记得他买那件的时候都不止这价儿呢！”

“是呗，不知道他最近脑子想啥呢！一会儿他来了咱得好好念叨念叨他！”

就在这时，背后传来一个声音：“难怪我刚才打喷嚏，原来有人在念叨我！”黄锋和司占海一同扭过头去，梁化呈正笑眯眯地站在身后，身旁还有一个年轻的姑娘，瞬间吸引了他们的目光。

姑娘面庞清秀，红润的嘴唇微微抿起，一双大眼睛忽闪忽闪的，带着羞涩又让人怜爱的神情；她身材高挑，穿着洁白的衬衫和浅色碎花褶裙，过肩的长发顺滑地披下，整个人看上去干净轻盈，楚楚动人。

司占海的心突然震了一下，全身的血液像是凝固住了，他呆呆地望着眼前的这位姑娘，久久回不过神。

黄锋也愣了一下，惊讶地说道：“大呈，这姑娘是……”

梁化呈嘿嘿一笑，拉着姑娘的手，一起坐了下来。

“来，我给你们正式介绍一下，这是我女朋友，小曼，冯依曼。”然后他扭头给女孩介绍道，“这就是黄锋，叫他‘锋子’就行，他是真疯，见钱就疯，哈哈。还有这位——司占海，喜欢研究机械，梦想是造飞机，再往后地球都容不下他了！他们就是我常跟你提起的那俩铁哥们儿。”

“你们好。”冯依曼轻声打了招呼，微微一笑。

“哎哎，你好，你好。”黄锋连忙热情地凑上去跟冯依曼握手，手握了半天也不松，梁化呈啪地把他手打了回去：“锋子，瞧你那点儿出息！”

“嘁，遇见美女没出息，那才是男人本色。”两人哈哈笑了起来。

黄锋接着问道：“大呈，难怪你最近不太正常，原来去谈恋爱了，跟我们说说，怎么追到这么漂亮的姑娘的？”

梁化呈温柔地看了看冯依曼，回复道：“我之前不是参加了个艺术进修班嘛，她是我的老师，嘿嘿。”

“你这当学生的，太猖狂了，把老师都追到手啦！”黄锋兴奋地说。

冯依曼微微一笑，说道：“他是我见过最笨的学生，每节课后都要求单独辅导。”

“嘿嘿，以后不用了，咱直接在家一对一上课。”梁化呈顽皮地向她挤了个眼，冯依曼羞涩地一笑，含情脉脉地望向梁化呈，两个人情意多深，单从他们看彼此的眼神就能清晰地感受到了。

“哎呀，大呈，你是故意来刺激我的吗？老天呀，快给我也送一个这么漂亮的女朋友吧！”黄锋嬉皮笑脸地说道。

这边聊得热闹，而司占海却一言不发，拘谨地坐在那里，神情有些古怪，偶尔抬起眼睛瞟一下冯依曼，又马上低下头，显得心事重重。

“占海，你怎么了？”梁化呈看着司占海问道。

黄锋抢话道：“还能怎样，为他那未婚妻的事儿郁闷呗！”然后转头对司占海说：“哎，我说，占海，其实你是真不知好歹，你爸妈给你找了那样一个有钱又漂亮的千金大小姐，而且人家姑娘还看上你了，对你死心塌地的，你还有啥不满意？要我是你，早乐得屁颠屁颠的了！”

司占海瞥了一眼黄锋，闷闷地说：“那你去娶她吧！”而后自己猛干了一杯酒，酒杯砸在桌子上，碎了。

日子一天天过去，梁化呈与冯依曼的感情越来越深，如胶似漆、形影不离。冯依曼与黄锋、司占海见面接触的机会也就越来越多。四个年轻人经常一起吃饭，一起出游，一起探讨艺术与收藏。

表面平静的司占海，内心却已混乱不堪，他不知道自己为何对兄弟的女友产生了特别的情愫。在他心中，冯依曼不仅温柔睿智、才华横溢，更像月光女神一般美丽皎洁，她的每一个笑容都像是在治愈他的忧愁，但同时又带给他更重的打击——毕竟，她不属于他！

她越是美好，他越是心痛。司占海压抑着自己不堪的情感，把它藏得很深很深，感觉就要窒息了。

这一天，黄锋兴冲冲地跑来，说道："兄弟们，我得到一条线索，在法国北部皮卡地区有一个很大的民间旧货集市，隔段时间就开一场，在乡下，应该没什么城里人去，更不可能有咱这样的外国人去。肯定能淘来点儿好东西，咋样，走呗！"

梁化呈琢磨了一下回复道："这次我就不去了，最近小曼正在做一个凡·高的研究课题，每天查资料、写论文到很晚，非常辛苦，我想陪着她。"

"嘁！"黄锋不屑地说，"你这还真是有了媳妇，忘了挣钱啊！"

梁化呈笑着说："钱嘛，够用就行了。小曼可是我的无价之宝，得好好护着。"

在一旁的司占海心里一阵无法言语的酸楚，他猛地站起来对黄锋说："他不去，我去！"

对司占海来说，这次法国之旅，仅是打着生意的名义，给自己一点喘息的机会，他急迫需要梳理一下思绪。与疯狂暗恋的女孩、情同手足的兄弟，以及那个背负在身的婚约，这些纷扰纠缠，已经快把他搞疯了。

法国乡下的风光，平和、宽广、宁静。天空的颜色就像细腻的薰衣草，淡紫色云朵布满天空，偶尔露出一角奇异的缝隙，窥见纯净的蓝。如大海般辽阔的麦田和山丘，把柔嫩的黄色、浅绿色铺展开来，其间点缀着的紫色的鸢尾花像幕布中的点点星光，渺小却璀璨。

黄锋和司占海的旅程还算顺利，辗转几次车，如愿赶上了一次乡村的旧货大集。

琳琅满目的古董物件儿散布在一块块五颜六色的方布上，铺满了一整条街，人来人往，熙熙攘攘，好不热闹。

在集市上，两人与众不同的东方面孔很是抢眼，卖家们都热情地向他们招呼着，尽管语言不通，但他们也习惯了用手舞足蹈的方式砍价并达成交易。他们成了这里的“大买家”，收获颇丰。

天色渐晚，热闹的集市即将散去，人越来越少，黄锋和司占海还意犹未尽地逛着。

这时，一位白发苍苍、衣着褴褛的老妇人，突然出现在身边，抓住了司占海的胳膊，把他吓了一跳。老妇人抬起布满褶皱的脸，微蓝的双眼闪着迷离的光，她用沙哑的嗓音低沉地说了两句完全听不懂的话。司占海和黄锋疑惑地看着她，老妇人拽了拽司占海的袖子，手指向远处的一座小山，然后又喃喃了几句，一边说一边用手比画着，圆的，长的，平的……

“看来她是想让咱们跟她走！”黄锋说道。

“她那儿有东西要卖。”司占海补充道。

“那咱去呗，万一真有什么宝贝呢！”

于是，两人动身了。老妇人颤颤巍巍地在前面走着，黄锋和司占海跟在后面，走出了集市，走过了村庄，沿着一条小路，一直向小山上走去。四周变得越来越荒凉，除了他们三个人，已经看不到其他人影。唯听见脚踩在杂草上的嚓嚓声，和呼啸在耳边的呼呼山风。

黄锋一边走，一边气喘吁吁地说道：“这老太太一瘸一拐的，还这么能走啊，佩服，佩服。”

司占海抬头看看天，说道：“天色可是渐渐黑了，这路怎么越走越瘆得慌。”

“嘁，一个老太太怕什么，她还能把咱们拐哪儿去？”黄锋哈哈笑了起来。

他们跟着老妇人一直爬到了山顶，峰回路转，当他们往山的背阴面一看，着实吓了一激灵。眼前深绿色的山坡下分明是一座废弃的修道院和一片墓地。

修道院呈高耸瘦削的哥特式风格，已经破破烂烂，三角形的房顶坍塌了一半，顶尖的一个十字架歪斜在一边，窗户上没有完整的玻璃了，黯灰色的外墙爬满深绿色藤蔓。修道院四周白花花的墓碑东倒西歪地散落一片，湿腻腻的苔藓侵染着墓碑的边角，和杂草一起像要将这片死亡的印记吞没。此时，太阳已西沉，阴暗的天色给眼前这一幕更增添了恐怖的色调，风也跟着唱起神秘哀婉的歌，让人倒吸一口凉气。

老妇人回头看向他们两人，黄锋和司占海突然感觉眼前这位老妇人好像也变成了巫婆的模样，让人毛骨悚然。

老妇人指了指那座修道院，黄锋和司占海定了下神，彼此对视着。

“都走到这儿了……要不……下去看一眼呗……”黄锋的声音显得很没底气。司占海咬了咬后槽牙，轻轻点了下头。此时，他们的好奇心对比起恐惧来说占了上风。

他们紧随着老妇人走下山坡，慢慢穿过了那片墓地。墓碑的形状各异，顶部有尖的、拱形的，也有带着十字架的，残破的、歪斜的……一些碑文虽然可见，但他们也不认识，只是能从其中略新的墓碑上辨认出几个数字：1796、1840、1903……他们小心翼翼地迈着步子，很轻很慢，生怕吵醒下面沉睡百年的亡灵。

修道院的大门敞开着，或者说根本就没有门，迈进几步后，左右墙龛中有两尊残缺不全的宗教神像。院堂正前方墙壁上矗立着一个大大的石质十字架，上面残存着一点微蓝的色彩，绿色藤蔓从残破的房顶及破损的墙缝蔓延进来，像群蜿蜒的大蛇。四周墙壁上斑驳的壁画与偶见地上的彩色玻璃碎片，可以想象百余年前，这座修道院也曾精美、也曾华丽，但如今只有破败与荒凉，在昏暗的光线下，感觉随时会有幽灵飘过。

老妇人径直走到对面大十字架下，黄锋和司占海跟随着走了过去，墙角边有一摊破旧的被褥和一些衣物、瓶瓶罐罐等杂物，想必是这位老妇人的家当了，这也显示出老妇人的身份——拾荒者。老妇人神秘兮兮地看了看两人，然后俯下身把地下的被褥翻开来，露出了一块大方砖，这块砖看起来和地面上的其他方砖没什么区别，但当老妇人用手敲了敲这块砖时，两人立刻就明白了，砖下面是空的。

方砖被移开了，露出了一个黑洞洞的通道，通道一侧有木梯，黄锋和司占海向里打探了一下，下面太黑了，什么都看不到。老妇人在她的杂物堆里摸索出几根蜡烛，自己点燃了一根，然后递向了黄锋和司占海，两人微微一笑拒绝了老妇人，各自从背包里翻出了一把手电，然后壮起胆子跟随着老妇人从木梯爬了下去，木梯发出了“咯吱咯吱”的声音。

这个通道并不算长，下了十来节梯子便到达了底部，一股阴冷的空气夹带着强烈的霉臭味儿直冲过来，像是嗅到了地狱的气息。

“咳咳……”黄锋被呛得咳嗽了几声。

烛光和手电的光线照亮了背后一侧，一个堆着杂物的房间跃入眼帘。房间并不大，也就是三四十平方米的样子，里面有一张桌子、一排破柜子和一个木板拼起的架子，上面摆放着一些书和盒子、罐子之类的物品，已被灰尘掩盖了原有的颜色。

司占海用手电环顾了下四周，半捂着口鼻说道：“这是间储藏室，当年的人们从这里离开的时候，应该是把它给忘了，所以留下了些东西。”

老妇人拿着蜡烛，点燃了桌上的两个烛台，黄锋和司占海的目光也被吸引了过去。

“嚯，这烛台可是银的，工艺很精致嘛，约莫有两百年了。不错不错，值些钱。”黄锋嘿嘿一笑，然后立马用手电照着，在屋里搜摸开。

一会儿的工夫，餐盘、圣物盒、高脚杯、几只叉子，还有一些装帧精美的宗教书籍被黄锋和司占海翻找挑选了出来，一一排在了案桌上。此刻，这间阴冷恐怖的地下室已让他们感到非常难受，他们对着老妇人向上指了指，便开始抱起东西准备离开这里。

就在这时，司占海在柜角处踢到一个东西，他弯下腰，把手电向柜子底部照去。是一个残破的木质油画架，被胡乱塞在了柜子下。司占海好奇地把架子从柜底拉了出来，歪七扭八的破画架上居然还有一幅油画。司占海抖掉上面的灰尘，用手电照了上去，立刻被画上斑斓的景致和浓艳的色彩震住了。他没再多看，扛起这破旧的画架爬上了地面。

黄锋随后拖拽着大包裹也爬了上来，看到司占海在摆弄着那个画架，悻悻地说道："你弄这个干啥，这破地方又不会出啥名人名作，不值钱，不值钱！"

司占海没有理他，只是把破乱的支架劈掉，把画框小心地放在了那些从地下室取出的东西旁边。他用手比画着跟老妇人示意："这些……都要！"

老妇人用手比了个数字，她要的钱并不多，两个人暗自窃喜，把钱递了过去。

"走吧，赶紧离开这鬼地方！我一分钟都不想多待！"黄锋抱怨着。司占海抱起画框，跟着黄锋带着"战利品"走出了修道院。

天色已尽黑，微弱的烛光像是飘在修道院里的一道鬼火，周围东倒西歪的墓碑在夜色中反着白煞煞的光……

法国之旅结束了，司占海又被打回现实，窘境并未改变，压抑在他心底的渴望与痛苦，继续如猛兽般吞噬着他。

他一个人在家中静静地盯着那幅从遥远国度带回的隐秘画作，虽然角上有一点残破，但也无法阻挡它的浓烈、奔放、奇异，释放着狂躁不安的气息，就如此刻司占海那颗混乱不堪且无法控制的内心。虽然他看不懂这幅画，却能感觉到它的不一般，并认定它就是自己放手一搏的"终极武器"，画中的每根树枝都变成了他债张的血脉，诡异的太阳变成了他狂跳的心脏。

这天傍晚，司占海小心地把画框用一张漂亮的大彩纸包起，并用一根红丝带系上了一个蝴蝶结。他举起一瓶酒猛灌了几口，抱着画走出了家门，守候在金风帆艺术学校的门口。

他忐忑地站在那儿，时间一分一秒过去……远远地，他看到了冯依曼向外走来，曼妙的身形在一袭白裙中飘然而至，娇润的面庞挂着天使的微笑，所有人在她旁边都变成了灰色的影子，唯有她闪耀着光芒。

司占海走上前，喊住了冯依曼："小曼！"

"哎，占海，你怎么来了？"冯依曼微笑着说。

"我……我有事情想跟你请教……"

冯依曼淡淡一笑："可以呀！"司占海点了下头，没再说话，引着冯依曼离开学校，一直向前走去。

冯依曼好奇地问："占海，我们去哪儿？"

司占海没有回答，他低着头继续沉默地往前走，冯依曼纳闷地跟在后面。天色慢慢变暗，司占海把冯依曼引到一个没有人的胡同里，停了下来。

冯依曼环顾四周，皱起了眉："占海，这里黑乎乎的，咱们别在这儿聊呀！"

司占海缓缓抬起头，眼睛直直地看着冯依曼，狠狠咬了下嘴唇，终于开了口："小曼，我喜欢你！"

"什么？"冯依曼愣了一下。

"小曼，我喜欢你！不，是爱！我爱你！真心的爱，特别特别爱，爱得快要发疯！"司占海的声音颤抖着，浑身颤抖着，他的眼睛如同猛兽般泛着红光！

冯依曼被吓了一踉跄，司占海顺势抓住她的两只胳膊，激动地喊着：“小曼，不要拒绝我，跟我在一起吧，我会对你好，我会比梁化呈好一百倍一万倍地对你！我比他有钱！我比他帅！我比他……”司占海匆忙捡起刚刚掉在地上的画框，把它塞到冯依曼手中，接着说道，“看，我还有礼物送给你！这个……这个……这幅画你一定会喜欢，它真的很特别！”说着便解开丝带，想要打开画给冯依曼看。

冯依曼慌忙把画框塞给司占海，不停地摇头，一步步后退，说道：“占海，你别这样，别这样……”

“真的，小曼，你看看这幅画，你一定会喜欢我送你的这份礼物！”

“我……我不想看！”冯依曼厌恶地扭过头去，呼呼喘着粗气。

此刻，司占海眼里露出了饿狼般的凶光，他扑上去紧紧抱住了冯依曼，嘴里疯癫地念叨着：“小曼，我爱你，我爱你……给我机会，跟我在一起，你会爱上我的，一定会！”

冯依曼奋力挣扎地推开司占海，“啪”地给了他一巴掌，气愤而坚定地说：“司占海，你听好了，我不爱你，一点也不爱！不管有没有梁化呈，我都不会爱你！不管是现在还是未来，我都不会爱你！你离我远点儿！离我远点儿！”说完，狠狠地瞪了他一眼，便头也不回地跑开了。

司占海呆呆地站在原地，他从未见过冯依曼这个样子，那种厌恶气愤的眼神简直比捅自己一刀还难受。他心中那个挥动着洁白翅膀的天使就这样飞走了，再也不回来了……在这个逼仄的角落里空留无尽的寂寥和黑暗，四处涌动着魔鬼的黑影，一步步把他吞噬……

不知站了多久，司占海捡起画框，拖着沉沉的脚步，行尸走肉般地回到了家。

他大口大口地把瓶里剩下的酒全部灌下，瘫坐在椅子上。他瞥眼看向摊在桌子上的那幅画，画中扭曲的树干、偾张的树根像是张出的魔爪要缠住他，让他感到恐惧。他顺手拿起一把小水果刀，猛地向画扎去，想收手时却已来不及，小刀正巧戳进了画中太阳的边缘，画布被戳了一个小洞。

第二天，这幅画便被司占海随意地卖了出去。他一分钟也不想多看它。因为它就像是一面白旗，在心里深深烙下“失败”二字。

从此，司占海像人间蒸发了一样，再也没出现在梁化呈和冯依曼面前。

直到两个月后，从黄锋那里传来一个消息：司占海答应了家里安排的婚事，已经结婚了。

15

<褐>

恶念

当他们的大脑被恶魔控制，还能有什么空隙留给人性？

时间匆匆而过，梁化呈也曾想过去找司占海，但是对于觊觎着自己女人的兄弟又该如何面对呢？他该记恨呢？还是该理解和原谅？当找不到答案时，只能靠岁月慢慢给出答案。他选择了淡忘。

梁化呈更加努力地钻研着古董鉴定与艺术收藏，逐步在业内获得了一些名望；冯依曼在绘画艺术领域中也一步步地拥有了成就。两人融会贯通，用独到的艺术眼光品鉴着古董收藏，从每件艺术品背后的故事去追溯历史深意，“神雕侠侣”的称谓在圈子里越发有分量。

几年后，两人终于喜结连理。随着小公主的诞生，这个家圆满了，他们给她取名“梁依诺”——为幸福许下的美丽承诺。

家和业兴，对于梁化呈和冯依曼来说，这原本是个美好的故事。

有时友谊并不是坚不可摧的，一旦三角形拆掉了一条边，另外两条边也随之变得岌岌可危。

面对如日中天的梁化呈，黄锋越发觉得自己被压在了他的光环之下，他无法为兄弟的成就与幸福感到快乐，反倒默默产生一种怨念。那种怨念来自“比较”。也许落差仅一米，但他却感到自己掉入深不可测的沟壑之中，万劫不复。在梁化呈面前，黄锋变成了一个“附随者”，一个“失败者”，终日抬不起头来。即便是不断得到梁化呈的帮助和鼓励，他也感觉那些都是对自己的羞辱。他心里有种说不出的滋味，好像吞了几斤的黄连，他受不了，想把它们吐掉，到了嘴边却又咽回到肚里继续翻滚。

终于，黄锋离开了北京，默默地回了老家，从此没了消息。

白驹过隙，如果这三条边再无交集，也许岁月就这样安静地度过了，一切都不会发生。然而，命运总是会制造一些相遇，让边与边相交形成利刃，刺破这份平静……

又是几个春秋过去，一场拍卖会即将在北京举行。

这场拍卖会本身并不起眼，没什么名家大作，也没什么传世珍品，却吸引了已经离开圈子很久的司占海的关注。

因为他在无意间翻看到的拍品预告单中，发现了一幅熟悉的油画——那幅他从法国破败的修道院带回来的画，那幅翻起他不堪回忆的画。十来年过去了，这幅画不知辗转过几人之手，终于又出现了。

预告单中对这幅画有着这样的描述："作品出自18世纪法国；作者：不祥；略有残损。"

也许是好奇心的驱使，司占海来到了拍卖会现场。

现场比想象中的人要多很多。"盛世古董，乱世黄金"，随着人们生活水平的提高，艺术品收藏已经不是一小圈人的事了，逐步走入了大众视野，有很多人兜里有了钱，都开始踏足古董和艺术，玩起了收藏，市场越来越火爆。

司占海远远地坐在最后排的一个角落，看着很多拍品都以虚高的价格拍出，他心里冷冷一笑，"愚蠢的人们"！他并不知道自己离开圈子的这些年，收藏市场的行情已经发生了很大的改变。

拍卖会现场热烈的气氛并没给他带来半点兴奋，直到拍卖会中后段，他等的那幅油画被展了出来，不堪的往事又冲上了心头，司占海的心里开始变得紧张，手心开始冒汗。他甩了下脑袋，努力让自己冷静下来。

这幅油画画幅并不算大，但夸张的色彩、强烈的张力，立马把人们的眼球吸引了过去，整个拍卖现场响起了惊叹声。

拍卖师挑着激昂的语调说着：“这是来自18世纪法国的一幅油画，这样近乎疯狂的表现手法，很像是出自一位传奇画家——是的，就是凡·高！虽然现在还未曾考证这幅画的真实作者，但相信他也一定是位很了不起的画家，可以创造出如此让人惊艳的作品，从这幅画中你能感受到一种生命的张力和自然的伟大……作品边缘有一点残破，但那正是历史留下的印记……”

这幅油画被亮出起拍价时，司占海心里一震：“当年卖它时太冲动了，这才过了几年，价格竟变这么高！”而接下来一轮接着一轮的喊价，让他更坐不住了，竞买人踊跃举牌，拍卖师左右手同时出击，都来不及应价，价格不断抬高，已经远远超过了他可以想象到的数字，他的心里就像被一个比一个大的雷不断轰炸着。

拍卖喊价持续了很多轮，到了尾声时，仅剩两位坐在前排的竞买人还在胶着地举着牌子，互不相让。最终，一个“天价”被丢了出来，锤终于落了！

司占海站起身，他的心里波涛汹涌，难以平复。他懊恼当年的自己竟那么随意、那么冲动地卖出了它，但更多的是不解——很难想象，这样一幅“作者不详”的“残画”怎会有人花这么多钱去购买它！

他溜着场边走向前排，伸着脑袋好奇地张望着。

刚才不停举牌的一位竞买者，他认出了，正是常混此圈以提升文化修养为名的“暴发户”——“家里有矿”的那种。而最终的中拍者——把司占海惊住了，竟是梁化呈！

只见梁化呈西装革履、头发油光锃亮，一副成功人士的模样，在他身边还坐着冯依曼和一个小女孩。

多年未见，冯依曼依然美丽，更增添了几分成熟高雅的气质，就犹如盛夏的荷花怒放着。司占海的心怦怦跳了起来。他本以为时间会冲淡一切，自己也有了家庭，可以平复内心对冯依曼的爱恋和纠结，可是他并没有做到，只有他自己清楚，多年来一直生活在无法释怀的焦灼中有多么痛苦，而此刻冯依曼再次出现在眼前，这长久压抑的痛苦似乎找到了“元凶”！

只见梁化呈和冯依曼深情地对视着，会心一笑，同时俯身亲吻了坐在中间的小女孩。拍中了这幅画，显然让他们非常开心！此刻，看着这幸福和满足的一幕，司占海的心中突然腾起一股烈火，这火无法想象的浓烈，简直要将一切化为灰烬！他的嘴唇颤抖起来，拳头紧握。

就在这时，冯依曼抬头看到了站在场边的他，四目相对的一瞬，司占海吓了一跳，赶紧扭过头，向会场的大门方向快步走去。他一直走到了会场外，在路边的树下，点上了一支烟，一缕缕烟圈如同一个个恶灵从他体内游荡到了空气中。

他猛嘬了几口烟，把烟蒂扔到了脚下，踩了又踩，一抬头，愣住了——梁化呈、冯依曼牵着小女孩正站在他面前。梁化呈微笑地看着司占海，冯依曼虽然显出一些尴尬，但也向他露出了友好的微笑。

梁化呈开口问候道：“占海，好久不见！”

司占海深吸一口气，强挤出一丝微笑：“好久不见！”

“没想到在这里遇到你，你这些年怎么一点儿消息都没有，都好吗？”

“还好。”司占海淡淡地回复了一句。

“多少年的兄弟了，你这说消失就消失，不地道呀！”

“兄弟？你还会把我当兄弟吗？”司占海瞥了一眼冯依曼，试探地说。

梁化呈拉紧冯依曼的手，对司占海微笑地说道：“都过去了。你不是也早就成家了？怎么样？有孩子吗？”

“两个儿子。”

“嚯，厉害呀。”梁化呈抱起小女孩，说道，“这是我家姑娘，梁依诺。来，叫叔叔！”

“叔叔好！”小女孩乖巧地叫了一声，她有着和冯依曼一样美丽的大眼睛，忽闪忽闪的，灵动又可爱。

司占海看着小女孩，回了一个做作的笑容，但他的眼神中没流露任何的善意。

“太久没见了，走，一起吃个饭，聊聊天吧！”梁化呈热情地招呼着。

司占海迟疑了一下，并没有拒绝，这场久别重逢的小聚，他赴约了。

这一顿饭，梁化呈拉着家常、聊着过往，尽力缓和尴尬的气氛。他早已原谅了司占海，甚至希望与自己多年的兄弟可以冰释前嫌，再续友情。司占海也“热情”回应着。冯依曼则在一旁照顾着小女儿，微笑地看着这对昔日的兄弟侃侃而谈。

没有什么“冰”是不能靠“酒”暖化的，几轮酒后，他们似乎又回到了从前那个亲密无间的状态。梁化呈把手搭在司占海肩膀上，带着几分醉意，说道：“占海呀，你有没有想过还回来干收藏呀，知道吗，这几年这行当真的是一下子红火起来的。看见刚才那场面了吗？一大群的暴发户……有钱！”

司占海抿了口酒，阴阳怪气地说：“是呀，真有钱……”

梁化呈和司占海碰了杯，把酒一饮而下，说道：“当然了，你现在也很棒。终于进入了你喜欢的航空业，哈哈，造飞机这事你都能干，技术人才呀！司大工程师，真的佩服你！”梁化呈做了一个拱手的动作。

“呵呵。”司占海勉强地笑了下，“佩服我干吗！我现在也就是混个养家糊口而已。收藏我玩不动了，没那实力。哪儿像你，为了一幅画，随便就扔出个天价！”

“哈哈，我哪儿是随便扔出的呀，这也是耗了我们大半个家底儿呀！”

“哦？那我就不明白了，就为了这么一幅残画？值吗？”司占海终于吐出了他问的问题，也许这才是这顿饭真正的意义，他心里急切地盼望着答案。

梁化呈变得谨慎起来，环顾了一下，压低了声音说：“这幅画可不简单，它的真正价值是无法用金钱衡量的！”

司占海心里一惊，变得很紧张，立刻追问道：“怎么讲？”

“这很可能是幅震惊艺术界的不凡之作……”

这时，冯依曼赶忙拉了下梁化呈的胳膊，打断了他，摇了摇头，示意他不要说下去。而梁化呈微微一笑，安抚道：“没事的，占海又不是外人。”冯依曼无奈地挤出了一丝顺从的微笑，但眼神里还是充满了提防和不安。

梁化呈俯下身，与司占海凑近说道："你也知道，绘画领域是小曼的专长，特别是研究油画。凡·高的油画，她是专家。就她的判断，这幅画很可能是凡·高的真迹！"

"啊？"

梁化呈带着酒劲儿继续说道："而且很可能是他真正的最后一幅画！这幅画也许会改变目前公认的对凡·高死因的判断！"

听到这个，司占海的心快要爆炸了，他惊呼道："天啊！这简直是一个惊天的消息！"此时，各种复杂的思绪一股脑地冲向他，懊悔、不甘、焦躁、恨……尽管他不知道到底该恨谁，但是心里充满了恨！

司占海咬了咬后槽牙，强迫自己保持镇定，继续听梁化呈说。

"当然，目前还只是初步判断。我们不惜花那么多钱买下这幅画，其实也就是为了去认真地做研究，解开谜题。"

"哪怕判断错了也不后悔？"

梁化呈深情地看了看冯依曼，说道："不后悔，小曼做什么决定我都支持！"

冯依曼回给梁化呈一个温暖的笑容，而后自言自语地感叹道："唉，要是能知道关于这幅画的更多信息就好了，比如在哪儿发现的，或是如何传承的……这样，我就有更多的判断依据了。"听到这个，司占海如鲠在喉，紧紧握住了拳头，手掌都被指甲硌出了血印。

梁化呈伸手轻抚着冯依曼的脸，温柔地说道："没事的，小曼，我相信你的直觉。而且现在这幅画是咱们的了。你有足够的时间来研究它！"

冯依曼的脸上绽放起少女般纯美的微笑，她看梁化呈的眼神透着欣慰、依赖和浓浓的爱意……

此刻，时间像是给了司占海一巴掌，他的脑中突然冒出了当年冯依曼狠狠拒绝自己时的厌恶表情，天使和魔鬼的角色都交融在了眼前这一个女人身上，让他完全失去了心智。

“对不起，我喝多了……”司占海扔下一句话，便慌忙逃离了饭局，逃离了这个他不敢面对的女人，逃离了这个一家三口的温馨画面。

“心正一切正，心邪一切邪。”一个念头，一个因果。

这样的一次重聚，梁化呈开心地认为自己又找回了昔日的兄弟，而司占海却已深陷恶念的池沼，无法自拔。

几天后，司占海动身去了山西，费了好大力气，找到了黄锋。

此时，黄锋的“晋延博物馆”已经开了有段时间了，经营却格外惨淡，他又孤注一掷地修了个地下金库，借了一大笔钱才勉强完工。生意还没起色，却被债主追得躲在金库不敢出来，眼睛都被打瞎了一只。

本想轰轰烈烈搞点事赢一把，结果却变得狼狈不堪，走投无路，黄锋想死的心都有了。司占海的到来，让他看到了生机……

一场巨大的阴谋正在酝酿，尽管连他们自己都没想到，会起这样可怕的恶念……但当他们的大脑被恶魔控制，还能有什么空隙留给人性？

一切就这样发生了！

16

<象牙黑>

谢幕

“她死了，他们都死了，我真的开心了吗……真的开心了吗？”

"是时候了……"

每个人都在等待真相被揭开。

司占海用毫无生气的语调，缓缓地讲出了那些"过去"。这是司辰第一次听到父亲讲这么多话，尽管口气冷得如同在讲述陌生人的故事。

"当年，把画存入黄锋的金库，梁化呈答应得非常爽快，甚至还在一次饭局中透露了密码与女儿生日有关……"

"我的生日？"天佑打断了司占海的话。

"是的，你的生日，3月14日。"

天佑终于知道了自己的生日，却是从眼前这个杀害父母的仇人口中得知，这么多年的酸楚化作一种刺痛，天佑的心在不停地流血。

司占海接着说道："那个时候我们以为时机已成熟。哪承想……呵呵……"司占海突然发出一阵冷笑，那笑声中带着恐怖的气息，"假的！假的！密码尝试了多少次……多少年……根本打不开！"

司占海瞥了一眼天佑："这次你终于打开了保险柜，但那幅画……竟然也是……假的！"

司占海不住地摇着头，突然咆哮了起来："原来……他俩根本没有相信我们……不！是冯依曼！一定是冯依曼的主意……她根本就没相信我，从来都没相信过我！这个女人……这个女人毁了我！"

“到底是谁毁了谁？！”天佑再也无法忍受下去了，她的眼泪已经如滚烫的钢珠一颗颗滑过脸庞。她猛地一转身，磕碎了几案上的一件瓷器，握住尖锐的瓷片，抵在了司占海的脖子上。

天佑非常激动，尽管瓷片已经割伤了她的手，血一滴滴流下，但她握得更紧了。她抽泣着，颤抖着，即将用手中的瓷片刺进司占海的脖子。是的，刺进去吧！这是杀害她父母、毁了她人生，也害了那些无辜之人的凶手，千刀万剐也不足惜！

司占海没有做任何反抗，他一个冷笑，平静地闭上了眼睛，俨然一副束手待缚的样子。

“天佑，冷静啊！”司辰焦急地喊道，“我知道你恨他，但是……但是……”司辰心如乱麻，他看看父亲、看看天佑，手足无措。

司占海睁开眼睛，冷冷地说道：“想刺就刺吧。当年飞机坠毁那一刻，我就应该坐在上面，一起毁掉。这十七年，这十七年……我活着也和死了差不多。拥有这幅画，我就会开心吗？她死了，他们都死了，我真的开心了吗……真的开心了吗？哈……哈……”司占海不知道是在笑还是在哭，表情扭曲得很恐怖。

司辰不解地看着父亲，痛苦地说道：“你真的是我的父亲吗？我怎么感觉从未认识你！当年福利院外的那场车祸呢？你连一个侥幸逃生的小女孩都不肯放过？！那真的是你吗？”

司占海冷笑一声，恶狠狠地瞥向天佑：“斩草就要除根！她长着和她妈妈一样的眼睛，我恨！我恨这双眼睛！”

四目相对，如同兵刃相交，火焰在天佑的眼中燃烧，她的手不自觉地抖了一下，司占海的脖子被划了一个口子，开始渗血。瓷片仍抵在他的脖子上，天佑似乎就要将瓷片深深地刺下去。

司宇想冲上前，司辰连忙拦住哥哥，他做了一个深呼吸，努力让自己冷静下来，轻轻地对天佑说道：“天佑，我无法请求你去原谅一个杀害你父母的罪人……因为连我都不知道该如何原谅他！”司辰看了看司占海，苦笑了一声。

“但是……眼前这个人毕竟是我的父亲。你来恨我吧，是我把你又拉回了这一切痛苦与危险中，对不起。天佑，无论如何……我不希望你因复仇而毁了自己……毁了我们的将来。为此事牺牲的、毁掉的已经太多……太多了……罪恶终会受到惩治，天佑，放手吧！好吗？”

司辰慢慢走上前，扶住天佑的胳膊：“天佑，请放手吧！好吗？”

天佑迟疑了一刻，慢慢抬起头，“啊”地大吼了一声，痛苦与纠结如同奔流的洪水，一泻而出。抵在司占海颈间的手，终于放下了，天佑泪如雨下。司辰紧紧抱住了她。

司占海一下子瘫坐在沙发上，沉默不语。

司辰强忍住眼泪，接着对司占海质问道：“那后面这一切……为什么？这么多年过去了，你还没悔过吗？为什么要利用我？为什么想再次伤害天佑？这也都是你的安排?！”

司占海叹了口气，双目低垂，没有说话。

司宇走上前，说道：“是黄锋！他从未放弃打开金库，从未放弃这幅画。自从他知道林天佑就是梁依诺……他逼迫父亲配合他……否则……否则就要鱼死网破……”

“所以……你也成了帮凶？”司辰瞪着司宇，冷笑了一声，“也是，你一向都那么听话！”

这样的一句话好刺耳，司宇沉默着低下了头。他叹了口气，视线落在了自己的手表上。

时间像是冰冻住了，现场回归到一种可怕的静谧。每个人都在这几分钟里收拾着自己残败痛苦的内心。

忽然，大门外传来了凶狠的撞门声。黄锋带着一伙黑衣人猛地冲了进来。

黄锋四处张望，看到墙上的那幅油画，疯一样地奔了过去："啊……啊……找到了！找到了！"他激动地跺着脚，露出了贪婪的目光，"这幅是真的了吧？是真的了吧！哈哈哈……"

黄锋肆无忌惮地笑着，突然一转身，冲着司占海吼道："居然就在你家，居然就他妈的在你家！这么多年……这么多年……你玩儿我呢！"说着就掏出了一把刀。

司宇赶忙挡在了司占海面前，司占海站起身，轻轻推开司宇，直面黄锋说道："我们都输了，不是吗？"

"输？哈哈，我哪里输了，只是赢得晚了些而已。这不？画找到了，终于找到了！哈哈哈。"黄锋的笑声狂妄肆意。他抬起头对天喊道，"大呈啊，你们再怎么折腾，这最终还是我的！我赢了，我赢了，哈哈……"

黄锋正大笑着，看见司占海颈间的划痕，又看了眼天佑手上淌的血，突然脸色一变，阴冷地对司占海说道："你把事情都说出来了？他们都知道了？"

司占海抬起头，清了下嗓子，大声地说道："是的，我都说了！当年，是你黄锋和我司占海联手制造的飞机事故，害死了梁化呈、冯依曼和那飞机上的人；之后又去重庆想通过车祸把他们幸存的女儿也害死，只是不巧被那女老师换了一命，于是用钱堵住了章石草的嘴……现在还想再利用这丫头找到画，然后再灭口……"

黄锋一惊，大吼道：“你什么意思？说这么清楚干吗?！是不想要他们活命了吗？当然，你的俩儿子嘛，可以给你留下。为了留你的命，想必他们也不能怎么着。可是……这个丫头……”

黄锋恶狠狠地看向天佑：“好吧……还是我来处理吧！”说着，几个黑衣人便上前围住了天佑。

司辰死命抱住天佑，冲着黄锋怒吼道：“你答应过的，找到画，放过天佑！”

“放过她？哈哈。”黄锋邪恶地笑着，“我是答应过……可是……我反悔了呀！哈哈，留着她，我不放心！”黄锋走上前一步，凶狠地对司辰说：“包括留着你……”

这时，司占海噌地挡在司辰前，瞪着黄锋，吼道：“你敢动我儿子？！”

司辰抬头望着自己的父亲，从小到大，这是他第一次感觉到父亲的“保护”，一向冷酷无情的父亲在这一刹那竟触动了他的心。

黄锋冷笑一声，知趣地退后了两步：“好吧……你儿子，你自己看好了就行！”然后示意黑衣人向天佑冲过去……

就在这时，门外突然传来了警笛声，声音越来越大，越来越嘈杂。

顷刻间，一队警察冲了进来：“不许动！都不许动！”

所有人都愣在了那里。

“司占海、黄锋，你二人涉嫌故意杀人等多项罪行，现依法对你们实施逮捕！”

黄锋大惊失色，连忙喊道：“说什么呢？你们……你们搞错了吧？！杀人？怎……怎么可能？”

“我们已搞清了所有事实，并掌握了足够的证据！跟我们走吧！”

黄锋浑身颤抖起来，疯了一样地叫喊：“不可能，不可能，我赢了，我赢了的……这么多年，我终于赢了，不可能！不可能！”

他用爆着血丝的眼睛一一扫视着天佑、司宇、司辰：“谁？是谁？是谁！是谁！”他像野兽一样要把所有人都吃掉。当他看向司占海时，四目相对的一刹那，黄锋愣住了，那眼神是……

警察逼近了一步，黄锋突然像头疯牛一样往外冲，他很快被警察控制住了，“咔嚓”铐上了手铐，拖了出去，只有那歇斯底里的喊叫声“我赢了……我赢了……”还不时传入耳朵。

司占海站在一旁显得格外平静，他看着黄锋被带走，深深地呼了口气，像是吐出了压抑一个世纪的脓血。他主动把两只手伸了出来，被戴上了手铐。

司辰难过地看向司占海，唤了一声：“爸！”

司占海扭过头，给了他一个久违的微笑。在司辰的记忆里，从来没见过父亲这样笑过，这个笑如此从容，如此释然，像是沉抑在深海的鱼终于浮出水面，它看到了阳光，哪怕下一刻即将死去，也终于品到了阳光的温度，是暖的。隔在司辰与父亲之间的那堵墙终于倒掉了，这么多年，他第一次看懂了父亲！

司宇默默走到司占海旁边，搀扶着他一同走出了大门。

在门口守候的警察中，他们看到了一个人——孙瞳，穿着警服的他显得更加冷峻干练。

司宇走上前，摘下了手表递给了孙瞳。孙瞳看向司占海，目光交会之时，两人默契地点了点头……

尘埃落定。

天佑转身慢慢走向墙上的那幅画。这幅奇特的画作就像是天使与恶魔生下的孩子，它改变了太多人的命运，承载了太多无可言表的情愫。

天佑默默地站在画前，她看到了爸爸妈妈正站在画旁微笑，她看见了一个穿着黄裙、小白鞋的女孩在画中舞蹈，舞步轻盈，面带幸福的笑容……树叶和枝蔓在为她伴舞，天空化作绚烂的幕布，太阳投下暖暖的光……爸爸妈妈终于张开了双臂，在向她招手。

突然，一阵剧烈的头痛袭向天佑。眼前，画中的颜色变得越来越浓烈，那团深绿色的火焰燃烧得更为狂妄，黑色、赭红、灰绿、柠檬色……所有的颜色都浮出了画面，搅在一起，枝丫变成了条条巨蟒蜿蜒缠绕过来，天空的太阳突然刺出了尖锐的光，扎向天佑，她的眼前出现一片浓浓的黑红色，黑红色蔓延到全身，她的身体开始颤抖打晃……司辰飞身上前，天佑倒在了司辰的怀抱里……

在司辰的怀里，天佑安静下来，睡着了……睡着了……嘴角露出了淡淡的微笑。她的头再也不会疼了……不疼了。

几个月后。

法国瓦兹河畔的鸢尾花正娇艳地盛开着，大块的色彩浓稠地涂抹在田地间，一座古老的教堂高高地矗立在小山坡上，尖尖的十字架似乎要刺破碧蓝的天空。白天鹅和野鸭悠然地在玉带般的河面上游戏。不远处，一道破败的矮墙前，两座低矮朴素的石灰石墓碑静静睡在墓园中，碑前一堆黄土上覆盖着长青的蕃藤和碧草，在风中摇曳着不屈的生命。一位伟大的艺术家正挽手他挚爱的弟弟长长久久地在这里睡着……睡着……寂静无声。墓碑旁一束束向日葵告慰着沉睡者，传奇永远不会磨灭，伟大永将记怀。

与此同时，一幅惊艳所有人的油画被送到了荷兰凡·高艺术馆，捐赠者处写着三个名字——梁化呈、冯依曼、梁依诺。

◇ 谨以此文致敬文森特·威廉·凡·高 ◇

《麦田群鸦》 1890 年 荷兰凡 · 高博物馆藏

《树根》 1890 年 荷兰凡 · 高博物馆藏

《多比尼的花园》 1890 年 巴塞尔艺术博物馆藏

《多比尼的花园》 1890 年 日本广岛美术馆藏

《向日葵》 1888 年 私人收藏

《天蚕蛾》 1889 年 荷兰凡·高博物馆藏

文森特 · 凡 · 高与其弟弟提奥 · 凡 · 高墓地 法国奥维尔